कुमार अम्बुज

जन्म : 13 अप्रैल, 1957, ग्राम मँगवार, ज़िला गुना, (मध्य प्रदेश)।

शिक्षा : वनस्पतिशास्त्र में स्नातकोत्तर, कानून की डिग्री।

प्रकाशन : *कविता-संग्रह*–'किवाड़', 'क्रूरता', 'अनन्तिम', 'अतिक्रमण', 'अमीरी रेखा' और कहानी-संग्रह—'इच्छाएँ'।

'कवि ने कहा' सीरीज़ में कविताओं का संचयन, राजकमल की 'प्रतिनिधि कविताएँ' सीरीज़ में विष्णु खरे द्वारा सम्पादित संचयन, वैचारिक लेखों की दो पुस्तिकाएँ—'मनुष्य का अवकाश' तथा 'क्षीण सम्भावना की कौंध' (2014)। फुटकर गद्य और डायरी की किताब 'थलचर'।

सम्मान : कविताओं के लिए मध्य प्रदेश साहित्य अकादमी का माखनलाल चतुर्वेदी पुरस्कार, भारतभूषण अग्रवाल स्मृति पुरस्कार, श्रीकान्त वर्मा पुरस्कार, गिरिजाकुमार माथुर सम्मान, केदार सम्मान और वागीश्वरी पुरस्कार।

साहित्य अकादमी, राष्ट्रीय नाट्य संस्थान, दूरदर्शन, आकाशवाणी सहित शीर्ष साहित्यिक संस्थाओं में रचना-पाठ। विभिन्न प्रतिनिधि समकालीन हिन्दी कविता के संचयनों में कविताएँ शामिल। केरल एस.सी.ई.आर.टी. एवं अन्य कुछ पाठ्यक्रमों में कविताएँ संकलित। कविताओं के रूसी, जर्मनी, अंग्रेजी, नेपाली सहित अन्य भारतीय भाषाओं में अनुवाद। कवि द्वारा भी संसार के कुछ चर्चित कवियों की कविताओं के अनुवाद प्रकाशित।

'वसुधा' के कवितांक 'इधर की कविता' तथा गुजरात दंगों/ नरसंहार पर विशेष पुस्तक 'क्या हमें चुप रहना चाहिए?' का सम्पादन। बैंककर्मियों की संस्था 'प्राची' के लिए अनेक पुस्तिकाओं तथा बुलेटिंस का संयोजन-सम्पादन।

ई-मेल : kumarambujbpl@gmail.com

थलचर

कुछ इंदराज, कुछ टिप्पणियाँ

कुमार अम्बुज

राधाकृष्ण पेपरबैक्स

राधाकृष्ण पेपरबैक्स में
पहला संस्करण : 2016

राधाकृष्ण पेपरबैक्स : उत्कृष्ट साहित्य के जनसुलभ संस्करण

राधाकृष्ण प्रकाशन प्राइवेट लिमिटेड
7/31, अंसारी मार्ग, दरियागंज
नई दिल्ली–110 002
द्वारा प्रकाशित

शाखाएँ : अशोक राजपथ, साइंस कॉलेज के सामने, पटना–800 006
पहली मंजिल, दरबारी बिल्डिंग, महात्मा गांधी मार्ग, इलाहाबाद–211 001
36 ए, शेक्सपियर सरणी, कोलकाता–700 017

वेबसाइट : www.radhakrishanprakashan.com
ई-मेल : info@radhakrishanprakashan.com

बी.के. ऑफसेट
नवीन शाहदरा, दिल्ली–110 032
द्वारा मुद्रित

मूल्य : ₹ 150

THALCHAR
by Kumar Ambuj

ISBN : 978-81-8361-825-0

छूट गए शहरों और क़स्बों के लिए

अनुक्रम

या एक बेहतर निराशा से

10.09.1995

एक आदमी सन्तूर बजा रहा है।

संगीत का एक पारखी आता है। वह कहता है, सन्तूर तो ठीक है, आप शहनाई बजाएँ तो जानें! तब ही माना जा सकेगा कि आप सच्चे सन्तूरवादक हैं।

जो सन्तूर के साथ शहनाई, तबला या सितार बजा सकते हैं, यह उनकी अतिरिक्त योग्यता हुई लेकिन जो फ़र्ज़ कीजिए, कि सिर्फ़ सन्तूर बजा सकते हैं, तो यह उनकी अयोग्यता कैसे हो सकती है!

वह आदमी अभी भी अपना सन्तूर बजा रहा है।
यही उसका काम है।

पारखियों का काम, यदि कोई होता हो तो, पारखी जानें।

3.10.1998 (रात 3 बजे)

आज रात में 1 बजे घूमने गया। अकेला। शुक्ल पक्ष की द्वादशी। आकाश साफ़ था और चन्द्रमा के आसपास के तारे निस्तेज थे। परेड ग्राउंड के चबूतरे पर लेटा तो आकाश से निगाहें मिलीं। सब कुछ कितना तरल, पारदर्शी और उज्ज्वल। मैं अकेला हूँ और कभी अकेला नहीं हूँ। प्रकृति कभी किसी को

अकेला नहीं रहने देती। रात में घूमना, रात में उन चीज़ों को सोया हुआ देखना, जो जीवितों के स्पर्श से सुबह जाग जाती हैं, कितना अनुपम है। जैसे हम किसी थके हुए को विश्राम करता देख रहे हों और हमारी भी यह ज़िम्मेवारी हो कि उसके आराम की रक्षा की जाए। अकसर ही दोस्तों के साथ देर रात घूमने जाता हूँ। तब इन रास्तों से, वनस्पति और प्रकृति के अन्य दृश्यमान उपांगों से उस तरह एकाकार होना सम्भव नहीं हो पाता, जैसे अकेले में घूमते हुए मुमकिन है। बचपन से इस परेड ग्राउंड को देखता आ रहा हूँ। कितनी शामों और रातों में यहाँ अकेले या एकाध दोस्तों के साथ बैठता रहा हूँ, इसकी गिनती मुश्किल है। अपने शहर से जब-जब दूर रहा, सबसे ज़्यादा यही घूमने का रास्ता और यह ग्राउंड याद आता रहा। अपने मौलिक स्वरूप में, अपने आदिमपन में मन को स्वतंत्र कर देने की जैसी क्षमता मुझे इस जगह से हासिल होती है, वैसी कहीं से नहीं। संसार में ऐसी जगहें अनेक होंगी, कहीं अधिक बेहतर, अधिक अर्थवान और अधिक प्राकृतिक। लेकिन वे मेरी कहाँ, मैं उनका कहाँ! हर आदमी के आसपास ही उसके अपने जीवित रहने के, उदास होने और जिजीविषा के मूल स्रोत होते हैं। ये उसकी अपनी नदियाँ हैं। अपने उद्‌गम के साथ। बाक़ी चीज़ें बारिश की तरह, धाराओं की तरह, दूसरे जल की तरह उनमें मिलती हैं। कुछ चीज़ें वाष्पित होती रहती हैं।

चबूतरे पर लेटा तो अन्तरिक्ष की एक छोटी-सी खिड़की दिखी। रात के आकाश की तरफ़ देखते हुए सबसे पहले अपने अस्तित्व की लघुता याद आती है। फिर मनुष्य का उपक्रम याद आता है। फिर उस उपक्रम और प्रयास की विशालता और सीमा एक साथ याद आती है। तारों से एक रिश्ता जुड़ता-सा लगता है। कितने मिथ और कहावतें एक साथ, मन की गति के साथ-साथ चलने लगती हैं। यह मेरी बुआ का तारा होना चाहिए। दस-बारह चमकदार तारों के बीच शर्मीला। झिलमिलाता हुआ। इस झुंड में दीखता यह सबसे दूर का तारा है। एक छोटा तारा। यही तो, ऐसा ही तो रहा बुआ का जीवन! और ये सप्तऋषि! बचपन की रातों में इन्हें पूरे आसमान में एक साथ घूमते देखना, समय जाँचना। सब कुछ पीछे छूट गया है। उम्र के कारण ही नहीं। बदले हुए जीवन के कारण भी। परिवेश ही बदल गया। वे आँखें नहीं रहीं जो तारों की रोशनी में भी अपने आसपास को देख लेती थीं और वे रास्ते भी नहीं रहे जो तारों की रोशनी से किसी चमकदार धातु की तरह व्यवहार कर सकते थे।

चाँदनी थी। पूर्णिमा से कम। लेकिन आकाश की उज्ज्वलता के कारण निखरी हुई। सब कुछ एक धूमिल से रंग में चित्रित हो गया लगता था। यह संसार। ...यह देह। पंचतत्त्व नहीं। एक ही तत्त्व। चाँदनी। ग्राउंड के स्पेस का घेरा। और एक गोलाई की परिधि पर सोते हुए पेड़। कतारबद्ध। उनकी पत्तियों के बीच में से झिलमिलाती हुईं लैम्पपोस्टों की रोशनियाँ। ग्राउंड का यह छोटा-सा लेकिन निर्द्वन्द्व स्पेस, एक आध्यात्मिक अनुभव की तरह है। अपने पास होने के अनुभव की तरह। यह अनुभव मेरे जीवन-रस को प्रबल करता है। अधिक सान्द्र। और मुझे वापस सक्रिय कर देता है। जैसे गहरी नींद के बाद देह की सक्रियता लौट आती है। मैं अब अपने दैनिक जीवन में, एक दूसरे मनुष्य के पास अधिक विश्वास के साथ जा सकता हूँ। लगता है, मैंने उसका भी अन्तर्मन देख लिया है। जैसे मैं उसके अधिक समीप हो गया हूँ।

अब आज की रात जागने में ही जाएगी। ठीक है।

02.04.1993

'जो नहीं है,
जैसे सुरुचि,
उसका ग़म क्या
वह नहीं है'

शमशेर की ये पंक्तियाँ कितनी-कितनी बार, अनेक तरह से याद आती हैं। कोई दस साल पहले इन पंक्तियों को पहली बार पढ़ा था और मन के किसी कोने में ये अमिट हो गईं। किसी लाभकारी 'सॉफ्टवेयर प्रोग्राम' की तरह। जब भी ज़रूरत पड़ती है, ये सक्रिय हो जाती हैं। स्क्रीन पर चमकने लगती हैं। मन के दूसरे प्रोग्रामों को 'करप्ट' होने से बचाती हुईं।

विषाद, सन्तोष और समझौते की ध्वनि इनकी ऊपरी परत पर जमी हुई। उसके ज़रा-से ही नीचे न भूलने की ज़िद। विस्मृति की चाह स्मृति पर भारी पड़ती हुई।

'उसका ग़म क्या' में मौन आह है, एक चेतना और जीवन के लिए सकारात्मक उछाह। लबालब। एक नीड़ नष्ट हुआ तो क्या! 'वह नहीं है' में

वास्तविकता का कठोर धरातल। किसी अनिवार्य पक्ष की अविस्मरणीय स्मृति। और उसके बिना भी रह सकने का उतना ही दृढ़ आग्रह। सामना करने की शक्ति का समर्थन। तटस्थता की निर्ममता। कोई लिजलिजापन नहीं। लेकिन गहरी संवेदनशीलता।

05.07.1998

सरकारी बसें। म.प्र. राज्य परिवहन की बसें। लाल डिब्बे। अब सड़कों पर ये सरकारी बसें बहुत कम दिखती हैं। या कहें कि प्राइवेट बसें इतनी ज़्यादा दिखने लगी हैं कि आनुपातिक रूप से ये कम लगती हैं। जो दिखती हैं, वे लगभग ख़ाली। एक तरह का उजाड़ उनके दृश्य में भर गया है। मध्यवर्गीय, नौकरीपेशा और खाते-पीते लोग अब इन बसों में नहीं बैठते। जिन जगहों के लिए प्राइवेट बसें उपलब्ध नहीं हैं अथवा जिन्हें छोटे-छोटे स्थानों पर उतरना है, वे इन बसों में ही बैठते हैं। लेकिन फिर भी ये पूरी नहीं भर पातीं। ये बसें अपने पुराने यात्रियों का इन्तज़ार करती हुईं अपने समय से आगे-पीछे गन्तव्य की तरफ़ चली जाती हैं। जिन यात्रियों की ये प्रतीक्षा कर रही होती हैं, वे प्राइवेट बस की प्रतीक्षा करते रहते हैं। बहुत हुआ तो किसी अनुबन्धित बस में बैठ जाते हैं। मेरे शहर में अब यह एक आम बात हो चुकी है। सरकारी बसों से ढेर शिकायतें थीं। कारण प्रबन्धन में और राजनीतिक हस्तक्षेप में छिपे होते हैं। लेकिन इन्हीं में से कुछ बसें ऐसी थीं जिनकी समय की पाबन्दी और तेज़ चाल से पहुँचाने की साख थी। इन्दौर जाना है। पवन बस में बैठिए। सुबह 5 बजे। 5 मिनट भी लेट हुए तो बस निकल जाएगी। ठीक साढ़े छह घंटे में इन्दौर। ऐसी ही कुछ बसें भोपाल और ग्वालियर के लिए थीं। लेकिन अब पब्लिक सेक्टर को ख़त्म करना है। इसके ठीक पहले स्कूलों को नष्ट किया जा चुका है। मार नहीं डाला गया। जीने की परिस्थितियों को कठिन और असम्भव कर दिया गया। प्राइवेट सेक्टर के लिए परिस्थितियाँ अनुकूल और सरल बना दी गईं। पब्लिक सेक्टर में ज़रा भी अव्यवस्था हुई कि उसे और जर्जर कर दिया गया। अब विद्युत मंडल। मुफ़्त बिजली बाँटने का निर्णय, राजनीतिक लाभ के लिए लिया जाता है और सरकार तमाम तरह से बिजली मुफ़्त लेती है। भारी चोरी। काहिली।

प्रशासनिक असफलता। नतीजा, विद्युत मंडल अक्षम है। फिर दूरभाष और दूरसंचार। बीमा कम्पनियाँ। और बैंक। दानवी निगाह जिधर पड़ जाए, उधर ही ज्वाला। बाज़ार व्यवस्था पहले से ही निजी क्षेत्र में है। दवा कम्पनियों का भी यही हाल। जहाँ पब्लिक सेक्टर शान से खड़ा है, उसके सामने भी प्रतियोगी खड़े किए जा रहे हैं। अनन्त निवेश चाहिए। विदेशी पूँजी। डॉलर। बीमा कम्पनियों का देश में सन्तोषप्रद ही नहीं, बहुत अच्छा काम है। लेकिन एक पब्लिक सेक्टर उस तरह से बाज़ार का, लोक का दोहन नहीं कर सकता जैसा कि एक निजी धन्नासेठी विचार। 1969 से पहले बैंकों में आम आदमी का प्रवेश लगभग वर्जित था। अब बैंकिंग एक आम आदत है। लेकिन सरकार को, लुटेरों को इससे सन्तोष नहीं। वे ऐसे बैंक खोलना चाहते हैं जिनमें आमजन का प्रवेश मुश्किल हो जाए। ग़रीब का तो क़तई नहीं।

इस देश में जनसंख्या का इतना दबाव है कि भारी तादाद में मशीनीकरण की जगह, इन मनुष्यों को ही सम्पदा और साधन मानकर, उनका उपयोग छोटी मशीनों की जगह किया जाए। मार्क्स ने ही नहीं, गांधी ने भी और कितने सारे समाजशास्त्रियों ने अपनी-अपनी तरह से यह सब कहा। यह लोकतंत्र के कवच में बदमाशी की गहरी चाल है कि पब्लिक सेक्टर का पुनर्वास न किया जाए। उसे ख़त्म किया जाए। खाई के मुहाने पर लाकर छोड़ दिया जाए। सोचता हूँ तो दिमाग़ घूमता है। इन दिनों चुनाव जिस तरह हो रहे हैं, वे भी तो सरकार का निजीकरण ही कर देते हैं। लगता है, अभी और बुरा वक़्त देश-समाज के सामने आना है!

यह दुनिया वैसी तो नहीं, जैसी हम बनाना चाहते रहे। नरेन्द्र जैन की कविता की कुछ पंक्तियाँ याद आ रही हैं :

वहाँ मीर तक़ी मीर थे
ग़ालिब, निराला, नेरुदा और पाब्लो पिकासो

वहाँ एक गेंद थी उछलती धरती पर
दृश्य था धूप से भरा हुआ

वहाँ शब्द थे
आवाज़ें और संवाद

एक गीत लय में डूबा हुआ था
गमलों में लगे फूल
और मैदानों की हरी घास
भुरभुरी मिट्टी और भोर की लाली

लेकिन अफ़सोस हम दुनिया को बचा न सके।

18.03.1994

सम्बन्धों में मर्यादित हो जाना अकसर ही उस सहजता को नष्ट कर देता है जो एक लम्बे समय के बाद पा ली गई होती है। उसे अकसर ही, फिर नहीं पाया जा सकता। एक प्रगल्भ और अप्रत्याशित साहसी चेष्टा एक आत्मीय सम्बन्ध के प्राण ही सोख लेती है। यह अकाल मृत्यु की तरह है।

फिर निष्प्राण सम्बन्ध प्राणवान सम्बन्ध की एक स्मृति भर होते हैं। एक ऐसी स्मृति जिसे हम कई बार झटक देना चाहते हैं। और फिर से पाना भी चाहते हैं।

लेकिन अब वह फ़िज़ा ही कहाँ रही, जिसमें गुलाब होते हैं।

03.07.1999

मकान बनवाना दु:साध्य है। लिखने-पढ़ने या सर्जनात्मकता से किसी भी तरह जुड़े आदमी के लिए तो भयावह। क्योंकि जब मकान का काम चलता है तो फिर अन्य किसी गतिविधि का चलना, ठीक तरह चलना मुमकिन नहीं। कम से कम मेरा तो यही अनुभव रहा है। मकान निर्माण के तनाव अवर्णनीय ही हैं। आप बाद में उन पर हँस सकते हैं लेकिन अपने होने के वक़्त में तो वे प्राण खींचनेवाले साबित होते हैं। ठेकेदार, मज़दूर और मिस्त्री। इनके चेहरे स्वप्न में भी दिखते हैं। ठेकेदार हर तरह से परेशान करने में, पैसे ऐंठने में सक्षम है। एक मज़दूर मौक़ा पड़ने पर प्राय: बेईमानी कर लेता है।

एक मिस्त्री अपने दस रुपए के लाभ के लिए हज़ार रुपए का नुक़सान भी, मुसकराते हुए कर सकता है। वह सिर्फ़ ठेकेदार के क़ब्ज़े में ठीक तरह से आता है। वह उनका कठोर शोषक है। लेकिन समझना चाहिए कि प्रतियोगिता की वजह से मज़दूर जीविका भर लायक दरों पर काम करते हैं। हर क़दम पर शोषित होते हैं। इसलिए ही ये मिस्त्री और मज़दूर ऐसे हो जाते हैं। उनके जीवन में कल की कोई आशा नहीं। उनके सपने ख़त्म हैं। वे घनघोर तौर पर असंगठित हैं। आपस में भी वे एक–दूसरे को नुक़सान पहुँचा देते हैं। फिर उन्हें आपके लाभ या हानि से क्या मतलब? लेकिन इसलिए ही, कभी जब आप उन्हें प्रेम करते हैं, तात्कालिक लाभ की उम्मीद जगाते हैं तो वे आपका काम कुछ हद तक मनोयोग से भी कर देते हैं। इतनी मानवीयता उनमें तब भी है। लेकिन उनमें से कुछ लोग बहुत ख़राब भी हैं। एकदम बदमाश। जैसे कि हर व्यवसाय में होते हैं। मैं रोज़ दोपहर में दो बजे खाना खाने आता हूँ। उसी समय मज़दूर खाना खा रहे होते हैं। उनके भोजन में हद दर्जे की समानता है। सूखी रोटी। मोटी। और चटनी या हरी मिर्च। प्याज़। एक वर्ग के लोगों के भोजन में प्राय: ही समानता होती है। प्रतिदिन का भोजन देखकर किसी के वर्ग का अनुमान लगाना कठिन नहीं है। लेकिन निम्नवर्ग और मध्यवर्ग के भोजन के स्तर में गहरा फ़र्क़ है। मैं लगभग उसी वक़्त अपना भोजन कर रहा होता हूँ जो मज़दूरों के भोजन से चार गुना बेहतर होता है। मुझे खाना खाते हुए बुरा लगता है। लेकिन मैं खाता चला जाता हूँ। मैं उन्हें अपनी तरफ़ से खाना नहीं दे सकता। हैसियत भी नहीं है और यह सब परिवार के स्तर पर कर पाना मुश्किल है। कभी–कभी सब्ज़ी या अचार देना, उनके स्तर को सुधारना नहीं। इससे ज़्यादा कुछ कर पाना व्यक्तिगत स्तर पर मुमकिन भी नहीं हो पाता। लेकिन हालत यह है कि सीमेंट का भाव अचानक बढ़ जाता है। रेत, लोहा भी इसी तरह महँगा हो जाता है। उनके बढ़े हुए पैसे मुझे देने ही पड़ते हैं। मज़दूरी में कोई बढ़ोतरी नहीं हो रही है। मैं अपनी तरफ़ से कुछ नहीं बढ़ा पा रहा हूँ। मैं ऐसा कैसे कर सकता हूँ? मुझे तो ख़ुद ही पैसे क़म पड़ने वाले हैं। मकान मुझे एक बनिये की तरह हिसाब लगाना सिखा रहा है। एक मज़दूर को जब साठ रुपए देता हूँ तो हिसाब करने लगता हूँ कि इसने कितने घंटे कामचोरी की। जैसे मैं कभी कामचोरी करता ही नहीं हूँ। साठ रुपए में पूरा एक दिन। सात–आठ

घंटे। सोचता हूँ कि यह कितना सस्ता श्रम है! लेकिन औसत आदमी के लिए भी कितना महँगा होता हुआ!

लगता है, मकान बनवाना मेरे बस की बात नहीं। मगर किसी तरह बनवाना होगा। बैंक से लोन लेकर फँस गया हूँ। आधा-अधूरा न तो बिकेगा और न ही बेच सकूँगा। मकान बनवाना, एक बच्चे को बढ़ते हुए, उसका निर्माण होते देखना और उस प्रक्रिया में संलग्न होने जैसा भी कुछ अनुभव है। हालाँकि, दिक़्क़तों के चलते मकान बनवाना किसी चक्रव्यूह में प्रवेश करने जैसा है। कैसे, कब और कितना वापस आ सकूँगा, अभी कहा नहीं जा सकता।

पुन :

कभी लगता है कि मकान बनवाना एक ऐसे मियादी बुख़ार से गुज़रना है, जिसकी कोई मियाद नहीं है। उपचार एक सीमा तक काम करता है। जीवन का अधिकांश हिस्सा स्थगन में। सिर लगातार घूमता हुआ। मियाद एक उम्मीद है लेकिन मियाद तय नहीं है।...और बुख़ार के बाद। बेहद कमज़ोरी! जैसे मैं अब उसकी प्रतीक्षा कर रहा हूँ।

14.03.2004 (रात तीन बजे)

यह एक मारक क्षण है। सीधे-सीधे इसे हत्यारा पल भी कह सकते हैं। अपने तमाम अस्त्रों के साथ, शस्त्रों के साथ यह एक बार फिर प्रकट है। इस बार अधिक सख़्त और बेधक निगाहों के साथ। मैं इसके सामने हूँ। इसके निशाने पर। यह क्षण एक निर्णायक फ़ैसला चाहता है। मैं इसके क़ब्ज़े में हूँ। यह एक अपराजेय क्षण है। मेरे भीतर से ही निकला हुआ। यह मेरा अंश है। शक्तिशाली और अबोधता से भरा हुआ है। यह किसी उलझन में नहीं है। यह मैं हूँ जो इसे उलझन में डालने की कोशिश कर रहा हूँ। लेकिन यह भुलावे में नहीं आ रहा है। 'जैसा मैं हूँ और जो मुझे होना चाहिए' को यह तलवार की तेज़ धार से काटकर दो टूक और दो भागों में कर देना चाहता है। इसके सामने मेरे सारे तर्क, सारी बुद्धि और व्यावहारिकता किस क़दर निस्तेज है। यह

क्रूर होते हुए भी कितना आकर्षक है और अकाट्य भी! यह ख़ुद एक तर्क है, अपने आपमें एक औचित्य। एक स्वयंसिद्ध काया और विचार।

यदि इसकी अवहेलना करता हूँ तो मैं मारा जाऊँगा। यदि इसके अनुसार फ़ैसला करता हूँ तो भी प्रकारान्तर से किसी दूसरे मोर्चे पर मारा जा सकता हूँ। हर स्थिति में यह एक जानलेवा क्षण है। लेकिन इसका सम्मोहन ज़बर्दस्त है। जानता हूँ, यह अवसाद नहीं है। निराशा नहीं है। आत्मघात भी नहीं है। खिन्नता तो क़तई नहीं। सम्भवत: यह एक आदिम आकांक्षा है जो गुणसूत्रों और जींस के सहारे-सहारे चली आई है और अब अपना आधिपत्य चाहती है। यह हरेक रचनाकार में, सर्जक में और जाग्रत् चेतना में प्रसुप्त रहती है। जब वह जागती है तो पूरा जीवन माँगती है। अपना ही रक्त चाहती है। इसने मेरे वर्तमान जीवन को घेरकर, पीछा करते हुए थका दिया है। मैं अब चुपचाप इसके अन्तिम वार की प्रतीक्षा कर रहा हूँ। मेरे प्रियजन और परिजन कोई बाहरी आक्रमण जानकर मुझे बचाने में लगे हैं लेकिन कुछ हद तक वे भी जानते हैं कि यह गहरे अर्थों में आन्तरिक और सर्जनात्मक हमला है जो मुझे मेरी बहुरुपिया और अभिनयमूलक दुनिया से एकदम अपदस्थ कर देना चाहता है। वह प्रत्येक उस चीज़ की बेदख़ली चाहता है जो मेरे मनुष्य और रचनाकार की राह में बाधा बनकर खड़ी है। इस तरह यह अपनी प्रकृति में एक तीक्ष्ण, विध्वंसकारी और जादुई पल है। यह पल मानो कह रहा है कि रचनाकार एक तरह की अस्वस्थता में, बुख़ार में और अपने रक्त में कैंसर की कोशिकाएँ लिये ही, सक्रिय और व्यथित रहने के लिए अभिशप्त है। जैसे वह तेज़ गति से मृत्यु की तरफ़ यात्रा कर रहा है लेकिन उसकी चाल में एक उफान है और शमित न हो सकनेवाला उद्वेग। अपने भीतर टाइम-बम को छिपाए हुए, जिसमें लगी घड़ी की टिक-टिक आवाज़ उसे सुनाई देती है लेकिन नहीं पता कि उसके पास कितना समय है। वह बस इतना जानता है कि उसका अन्त एक विस्फोट में होगा। इससे अधिक सांघातिक और क्या हो सकता है! इस क्षण की सकारात्मकता यही है कि यह मुझे अलंकारहीन और दोहरे जीवन से मुक्त कर देना चाहता है। चूँकि यह आदिम है, प्राकृतिक है और ठेठ है इसलिए घन७घोर अव्यावहारिक है और नुकीला। दुर्दम्य है और अवश करनेवाला। इसके जितने भी अन्तर्विरोध दिखते हैं, वे मैंने ही खड़े कर दिए हैं। यह मुझे साथ लेकर जीवन की किसी नई यात्रा पर ले जाने की ज़िद

पर अड़ गया है। इसका बढ़ा हुआ हाथ मेरे सामने है। मैं भयभीत हूँ और उत्सुक भी।

13.03.2004

सब तरफ़ से एक ही आवाज़ आती है : सहन करो! सहन करो!! इस आवाज़ की कर्कशता और उसकी गूँज ने बाक़ी सब आवाज़ों को ढँक लिया है। यह आवाज़ शिराओं में बर्फ़ बनकर जम रही है। मुझे क्या सहन करना चाहिए, एक आदमी को आख़िर क्या-क्या सहन करते जाना चाहिए? एक बुझा हुआ दृश्य। भाषा को नष्ट कर देनेवाली गाली। बच्चों की भूख। आकांक्षा की अन्तिम चीख़। गिरते हुए पत्ते की चोट। जगर-मगर और अट्टहास। एक मुखौटा। एक कठपुतली। अपने भीतर का ज्वर। दासता। अन्याय। चालाकी। उधड़ी हुई त्वचा। अपनी आत्मा में बनता हुआ मकड़ी का घर। तिलचट्टे के दो एंटीना। बचपन की पुकार।

कितना कठिन है सहन करना! क्या सहन किया जाए और किस हद तक किया जाए, इसका कोई मानदंड सम्भव नहीं है। इसलिए यह व्यवहार-बुद्धि पर आश्रित है। व्यवहार-बुद्धि किसी रचनाकार के लिए कितनी आवश्यक है और कितनी अवरोधात्मक, यह सवाल सदैव ही प्रासंगिक और विचारणीय है। सहनशीलता की आवश्यकता पर हर जगह बल दिया जाता रहा है। धार्मिक ग्रन्थों, उपदेशों, नैतिक वाक्यों और व्यावहारिक शिक्षा में 'सहन कर सकने' को क्षमता के ख़ाने में डाल दिया गया है। यह कठिन है इसलिए चुनौती है और प्राप्त करने योग्य। (क्या हर कठिन चीज़ बेहतर और प्राप्त करने योग्य होती है?) लेकिन ऐसा होता है, कितनी बार होता है, होता ही रहा है कि सहनशीलता के बन्धन टूट जाते हैं। ठीक अगले क्षण की या दस साल बाद की चिन्ता आदमी छोड़ देता है और अपनी शिराओं को दबावों से अचानक मुक्त कर देता है। अब वह खुले वितान में है। मुश्किलें उसके सामने हैं लेकिन अब वह उन्मुक्त भाव से देख सकता है और सामना करने की विविध विधियाँ उसके पास हैं। मैं पराजित मन:स्थिति और निराश लोगों की बात नहीं कर रहा हूँ। मैं उनकी बात कर रहा हूँ जो स्वतंत्रता को एक पोषक तत्त्व मानते हैं।

मूल प्रश्न यह है कि तुम्हारे मन में स्वतंत्रता का क्या महत्त्व है और उसकी क्या परिभाषा तुमने अर्जित की है। उसे तुम किस चीज़ से प्रतिस्थापित कर सकते हो या उसके एवज़ में तुम्हें क्या मंज़ूर है? वह किस मूल्य के रूप में तुम्हारे पास है। तुम्हारे जीवन में उसकी प्राथमिकता किस क्रम पर है। स्वतंत्रता का कौन-सा अनुवाद तुमने अपने लिए किया है। जीवन में जमा तमाम काई को फाड़कर क्या वह सतह पर आ गई है? क्या वह अपने नैसर्गिक रूप में है और उस पर कोई मलिनता नहीं है? मैं जानता हूँ कि वह कोई आध्यात्मिक, वायवीय या पूजनीय मूल्य नहीं है। वह एक खुरदरी और बहुत ठोस और अर्जित की जा सकनेवाली भावना है। वह माथे पर या किसी मीनार पर फहराई जा सकनेवाली पताका नहीं है बल्कि भीतर का हरा-भरा मैदान है। एक झील जो गहरा और उदात्त बनाती है। साथ-साथ दृढ़ और प्रतिरोधी भी। वही है जो मुझे इस संसार में बेहतर ढंग से अवस्थित कर देगी। लेकिन मुझे उसे अर्जित करना पड़ेगा। उसे रोज़-रोज़ ही पाना होगा। वह हरेक रोज़, केवल एक दिन के लिए ही मिलती है। प्रतिदिन पाते-पाते एक दिन ऐसा आएगा कि अनायास ही उसे पाता रह सकूँगा, उसकी रक्षा कर सकूँगा। वह मेरे भीतर की पताका बन सकेगी।

यह अकसर ही होता है कि जब हम स्वतंत्र नहीं होते हैं और किसी न किसी दासता में फँसे होते हैं, तब ही हम दूसरे की स्वतंत्रता और सम्मान की भी रक्षा नहीं कर पाते हैं। तब स्वतंत्रता हमारे लिए मूल्य और स्फूर्ति नहीं बनी होती है। ऐसी स्थिति में हम न तो उसकी महत्ता जान पाते हैं और न ही एक व्यापक प्रेरणा-स्रोत की तरह उसकी कल्पना कर सकते हैं। इसलिए किसी दूसरे की स्वतंत्रता को भी हम अत्यन्त भौतिक दृष्टि से, उपयोगिता में से घटाकर देखते हैं और एकदम ग़लत निष्कर्षों पर पहुँच जाते हैं।

सहन कर सकने में और स्वतंत्रता की कामना में एक सम्बन्ध है जो गणितीय दृष्टि से व्युत्क्रमी है। यह बहुत तनावपूर्ण सम्बन्ध है। असहनीय छोटी सी भी घटना या व्यवहार को सहन करना हमें थोड़ा-थोड़ा परतंत्र बनाता है। इस तरह से परतंत्र होते जाना फिर एक स्वभाव के रूप में अथवा समझौते और किसी लाभ के रूप में स्वीकार्य आदत की तरह विकसित होने लगता है। फिर वह आदमी दूसरे आदमी की स्वतंत्रता को भी उल्लंघनीय मानता है और उसका निरादर करता है।

19.10.2005 (रात 1 बजे)

लेखक सदैव ही एक टूटता हुआ तारा है। एक पुच्छल तारा जो रोशनी करता हुआ टूटता है। उसे कैसे बचाया जा सके कि उसकी रोशनी ज़्यादा दूर तक, देर तक चले। यह समस्या जितनी उसकी है उससे कहीं ज़्यादा शेष संसार की भी। लेकिन एक नष्ट होता हुआ समाज अपनी अनेक मुश्किलों को जान ही नहीं पाता।

लेखक होना मानवीय जीवन से सम्पृक्त होना है मगर साथ ही चील हो जाना है, केंचुआ और तेंदुआ हो जाना है, संसार से प्यार करना है और घास का कीड़ा हो जाना है। इच्छाओं का दास और विद्रोही एक साथ हो जाना है और अपने शब्दों के पक्ष में सब कुछ को ठोकर मार देना है। इसलिए ही लेखक होना कितना असम्भव जान पड़ता है।

कोई रचनाकार जब विश्वास करने लगता है कि जीवन जीने के लिए व्यावहारिकताएँ ज़रूरी हैं तो वह फिर रचनाकार न रह जाने के लिए, सर्जनात्मक न रह पाने की तरफ़ ही क़दम बढ़ाता है। जब वह कुछ उन चीज़ों के अस्तित्व को मान्यताएँ देने लगता है जो अमानवीय, अप्राकृतिक, असहज या अन्यायी हैं लेकिन व्यावहारिकता के चलते सहज स्वीकृत हैं, तब वह अपनी सर्जनात्मकता, रचनात्मक अराजकता और स्वतंत्रता को दीमक लगा लेता है। उसे इस परम्परागत और दुनियादारी से अधिक नुक़सानदेह कुछ नहीं हो सकता।

हालाँकि जीवन जीते चले जाने के व्यावहारिक पक्षों के लिए हज़ारों तर्क इसी दुनियादारी में से निकलते हैं लेकिन ये तर्क अन्ततः रचनाकार हो सकने के विरुद्ध ही हैं।

20.10.2005 (सुबह 9 बजे)

(कल के क्रम में कुछ और)

असन्तुष्ट रह जाना रचनाकार का स्वभाव है। वह एक अति प्रसन्न दिन से ख़ुश होते हुए भी असन्तुष्ट हो सकता है। जैसे वह चीज़ों में, रोशनी में, व्याकुलता

में छिपे असन्तोष को पढ़ सकता है। जैसे वह शेष रह गए सामर्थ्य को देख लेता है और उसे अब घटित होते देखना चाहता है।

वह सौन्दर्य से शान्ति पाता है, आशावान हो उठता है लेकिन तब भी वह असन्तुष्ट बना रह सकता है और इसका कोई राजनीतिक या सामाजिक अर्थ नहीं है। सिर्फ़ सर्जनात्मक अर्थ है। यह बात और है कि सर्जनात्मक हो पाना सच्चे अर्थों में राजनीतिक होना भी है। सामाजिकता तो उसमें है ही।

21.10.2005

किसी कॉर्पोरेट प्रमुख या उच्चाधिकारी की बातें सुनिए, उनका सम्बोधन सुनिए। आपको लगेगा कि समाज किसी युद्ध में फँस गया है। रणनीतियों के प्रस्ताव, आपाधापी, भागदौड़ और धूल-धक्कड़ उसमें इस हद तक सुनाई-दिखाई देगा कि सचमुच कोई बड़ी आफ़त आ गई लगती है। दो हज़ार या दस हज़ार लोगों को एक साथ जता दिया जाता है कि यदि कॉर्पोरेट का मुनाफ़ा न बढ़ा, उत्पाद की ब्रिकी न बढ़ी तो उनका सपरिवार जीवन संकट में है। यह सचमुच का गृहयुद्ध है जहाँ आप अपने ही समाज के दूसरे लोगों का गला काटने को तत्पर हैं। इसलिए ही आपको नौकरी पर रखा गया है। यहीं, इसी जगह आपकी बुद्धिमत्ता, चपलता, समर्पण और कार्यकुशलता देखी जानी है।

अकसर ही कॉर्पोरेट प्रबन्धक रथारूढ़ कृष्ण की तरह दिख सकता है जो हज़ारो-लाखों अर्जुनों को उपदेश देने में लगा है कि तुम एक बाज़ार में खड़े हो—यहाँ न तुम्हारा कोई भाई है, न बन्धु-बान्धव। सब बाज़ार में खड़े हैं। युद्ध के लिए, मरने-मारने के लिए तैयार। तुम उन्हें मार दो, नहीं तो वे तुम्हें मार देंगे। यह धर्म-युद्ध है।

ज़ाहिर है कि इस वक़्त में मेरी नौकरी भी इसी तरह की हो गई है। कहने को मैं परिवार का पालन-पोषण कर रहा हूँ। बहेलिए की कथा अभी तक चली आती है, किंचित् नवीन और नए आयुधों के साथ। मेरे सामने पक्षी भर नहीं हैं, मनुष्य भी हैं। इधर मुझमें से बहुत-कुछ निकालकर बाहर किया जा रहा है, मेरे भीतर नया कुछ डाला जा रहा है। गाढ़ा, काला-सा कोई द्रव। मुझे ख़ुद में से पिघलते हुए गरम कोलतार की गन्ध आती है। और उबकाई भी।

27.10.2005

लगभग छह महीनों से मैंने कोई कविता नहीं लिखी है।

लिख ही नहीं पाया। ऐसा बीच-बीच में होता रहा है। लेकिन आज मुझे लग रहा है कि मैं अभी कविता लिख सकता हूँ। यह सोचते हुए मुझमें कुछ उत्तेजना और आकुलता है। यह ख़याल और यह आश्वस्ति कि मैं कुछ लिख दूँगा, मुझे उमंग से भर रही है। इस वक़्त मैं बहुत ख़ुश हूँ।

इस ख़ुशी में अभी शाम 6 बजे मैं तीन-चार किलोमीटर घूमने जा रहा हूँ।

10.11.2005

गृहस्थी के बारे में सबसे बड़ा सच यही हो सकता है : 'जैसी गृहस्थियाँ वे दिखती हैं, वैसी होती नहीं हैं।'

वहाँ रोज़ आपको लगता है कि आप पैदाइशी परजीवी हैं और यह गृहस्थी ही है जिसने आपको सँभाल लिया है। जबकि आप इस बात को जान चुके हैं कि यह गृहस्थी ही है जिसने आपको स्थायी रूप से विकलांग कर दिया है। गृहस्थी ही वह लग्गी है जिसके सहारे अब आप चल पाते हैं।

और ऐसा उसने बड़ी ही मासूमियत से, सहजता से और आपकी सहमति लेकर किया है।

अब आपको क्यों नहीं प्रसन्न रहना चाहिए!

08.11.2005

मैं कहता हूँ गिलासों को मेज़ पर उलटा मत रखो। मुझे बेचैनी होती है। लगता है, गिलासों में अँधेरा भरता जा रहा है। उन्हें हवा, प्रकाश नहीं मिल रहा है। उनका दम घुटता जा रहा है।

गिलास मुझे सीधे रखे हुए ही अच्छे लगते हैं। प्राणवान, उत्सुक और प्रस्तुत। औंधे रखे गिलास—लगता है, जैसे उनका जीवन स्थगित कर दिया

गया है। मैं रेस्त्राँ में, किसी घर की मेज़ पर, जहाँ भी गिलास औंधे रखे देखता हूँ तो एक त्वरा और आवेग घुमड़ता है कि इन्हें सीधे रख दूँ।

(क्या यह किसी बीमारी का लक्षण है?)

08.11.2005

मुझे विपन्न अवस्था या अन्य किसी निजी दुरवस्था से अथवा उसकी कल्पना से डर नहीं लगता। मुझे सिर्फ़ बीमारी भय देती है। अशक्त और अक्षम कर देनेवाली कोई भी बीमारी। असहाय कर देनेवाली बीमारी।

पिछले आठ साल से अस्थमा है। अस्थमा का हर एक दौरा मुझे थोड़ा-सा और कमज़ोर, थोड़ा-सा और निष्क्रिय कर जाता है। बीमारी का, अगले दौरे का डर बन गया है। इसका मुक़ाबला करना होगा। एक नियमित, संयमित जीवन ज़रूरी है। लेकिन अकसर ही ऐसा हो जाता है कि देर रात तक एक विचार, एक किताब, एक शब्द मुझे उलझा लेता है। मैं अपने को बहुत थका देने के बाद ही सो पाता हूँ। खाने-पीने में भी, अपने स्वस्थ दिनों में असंयम हो जाता है। दमा का मरीज़ अपने स्वस्थ दिनों में बहुत बेफ़िक्र हो जाता है—यदि यह सही है तो मैं उसका एक अच्छा उदाहरण हो सकता हूँ।

स्वस्थ क्षणों में यह ध्यान ही नहीं रहता कि मैं कोई मरीज़ भी हूँ।

28.10.1997

कमरे में एक छोटी-सी सुराही रखी है। शो पीस की तरह। उसमें फूल भी रखे जा सकते हैं। फूल रखो तो फूलदान की तरह है। यह उतनी सुन्दर नहीं है। इसे देखकर सुन्दर, सुघड़ और पूर्णाकार की सुराहियाँ याद आती हैं। सुराही को देखना एक कला को देखना है। जब-जब भी मैं सुराही को देखता हूँ, उसे उड़ती हुई निगाह से नहीं देख पाता। मेरी निगाह उस पर टिक ही जाती है। शायद एक आकर्षण सुराही को लेकर मन में बन गया है। क्यों, कुछ याद नहीं पड़ता। सुराही की ज़रा लम्बी ही गर्दन सबसे पहले ध्यान खींच लेती है। स्त्रियों के लिए सुराहीदार गर्दन की आकांक्षा अकसर ही साहित्य में, शृंगार की

बातचीत में प्रकट है। (लेकिन सुराही की जितनी लम्बी गर्दन होती है, आनुपातिक रूप से उतनी लम्बी गर्दन किसी स्त्री को सुन्दर नहीं बना सकती। बहरहाल, यह तो एक उपमा ही हुई।) अत्यन्त सादा बनावट में भी सुराही की यह गर्दन अपनी रहस्यात्मकता के साथ मुझे खींचती है। उसके भीतर का अँधेरा मुझे अलौकिक लगता है। और सुराही पर की जानेवाली नक़्क़ाशियाँ और डिज़ाइनें। हर बार वे एक-दूसरे से किंचित् भिन्न होती हैं। यह किंचित् भिन्नता उन्हें और सुन्दर बनाती है। लोककला की यह एक अनिवार्य विलक्षणता है कि एक आदमी जितनी बार मोर या धनुष बनाएगा, वह हर बार एक नई कृति बना देगा। एक जैसा बनाने के लिए वह उतना सजग, उतना प्रवीण नहीं है। वैसा आकांक्षी भी नहीं। कभी-कभी सुराही के एक तरफ़ या दोनों तरफ़ हैंडल उसे एक बार फिर आकर्षक बनाते हैं। पानी भरने के अन्य मिट्टी के पात्रों से वह कितनी अलग है। उसे देखना, उसके पास होना एक शीतलता के पास होना है। एक कला के पास होना है। वह एक अनगढ़ कलाकार के लिए भी कला है और सुघड़ कलाकार के लिए कलात्मक चुनौती। वह कितनी साधारण है और कितनी अनुपम! कमरे में रखी यह छोटी-सी सुराही इसी मायने में सुन्दर है कि यह एक बड़ी सुन्दरता का, कला का आत्मीय स्मरण दिलाती है।

'सुराही'—यह शब्द भी कितना सुन्दर है! जो सुन्दर लगता है, उसका नाम भी सुन्दर लगने लगता है। नहीं, यह एकमात्र कारण नहीं। सुराही शब्द है ही सुन्दर। लयात्मक भी। मैं एक कविता सुराही पर लिखना चाहता था और यह सब लिख गया हूँ। कविता लिख पाता तो अधिक सन्तोष मिलता। एक कविता इस पर लिखूँगा। कभी।

26.01.1998

इधर मैं उन्मुक्त नहीं रह पा रहा हूँ जैसा कि मुझे रहना चाहिए।

एक मनुष्य अपने जीवन में सब कुछ एक साथ नहीं बन सकता अर्थात् घोड़ा, बनिया, राक्षस, गणितज्ञ, दुकानदार, संगीतकार, अनन्त ज्ञान का स्वामी या कुछ और। इनमें से उसे कुछ न कुछ छोड़ देना होगा अथवा उससे छूट ही जाएगा। इनमें से एक-दो हो जाना और शेष न हो सकना, सफलता-असफलता के दायरे से बाहर है।

मैं अपनी सामर्थ्य और सीमाओं के साथ, एक कवि का ही जीवन जीना चाहता हूँ। यह कितना कठिन है! कितना अलभ्य! मुझे किस क़दर बुलाता हुआ। यह एक रहस्यमयी पुकार है। धुन्ध से आती हुई। कोहरे से आती हुई। और कितनी स्पष्ट! कितनी आह्लादकारी!

इच्छा भर होना, प्राप्त होना तो नहीं है। लेकिन मैं इस आकांक्षा का शुक्रगुज़ार होता हूँ।

27.10.1995

अवचेतन भी मज़ेदार चीज़ है।

हमारे मनोजगत् का बेसमेंट। तलघर। जहाँ स्मृतियाँ, अनुगूँजें, अप्रकट अभिव्यक्तियाँ, स्वप्न, इच्छाएँ पड़ी रहती हैं। जैसे लोहे के टुकड़े, कुछ बेकाम से हो गए औज़ार, पुराने काग़ज़, जूतों के बन्द, पाइप के टुकड़े, खपच्चियाँ, अजीब-से सामान के साथ बोरियाँ, झोले, एक समय का चमकदार वक़्त। हमें कुछ पता नहीं कि वहाँ क्या है और क्या नहीं! किस रूप में है, कितना है और अर्थवान भी है या नहीं! वे सुप्त पड़ी रहती हैं और अचानक सर्जना के क्षण में उनमें से किसी एक में चमक आती है। गतिज ऊर्जा। वे बेकार-सी चीज़ें हमारी ज़रूरत को सबसे ज़्यादा समझती हैं। सबसे ज़्यादा सहायक होती हैं। वे बिना आमंत्रण दिए, बिना आवाज़ दिए ही हमारे असहाय से क्षण में हमारे पास चली आती हैं। अवचेतन चेतन के ज़रिए ही अपने को प्रकट करता है।

सर्जना और स्वप्न के बीच यही समानता है कि वहाँ ऐसा कुछ भी नहीं होता जो कभी हमारे चेतन या अवचेतन का हिस्सा न रहा हो।

तारीख़ नहीं। शायद 1993

'अगर तुम अपनी आकांक्षाओं के रास्ते में आनेवाली हर चीज़ को ख़त्म कर दोगे तो एक दिन पाओगे कि तुम बहुत अकेले हो गए हो...और (आख़िर में) पाओगे कि फिर कोई आकांक्षा भी नहीं बची रह गई है।'

(एक फ़िल्म को देखते हुए आया ख़याल)

08.04.1994

क्या पौधों का जीवन भी भाग्य और भविष्यवाणियों से चलता है ? क्या एक चींटी अपना भाग्य समझती है ? डायनासौर की पूरी प्रजातियों को क्या अपना भाग्य पता था ? पीछा कर रहे शेर से क्या एक हिरण भाग्य के ही कारण बच पाता है ? जंगल के सुनसान में या नदी के पड़ोस में घर बनाता हुआ मनुष्य, भाग्यवश ही सभ्यता के इस मक़ाम तक आ गया है ?

क्या कला का भी भाग्य होता है ? अथवा सर्जक का ही भाग्य कला के भाग्य में बदल जाता है ? सन्तोष के कारकों की खोज में यह भाग्य कितना भयानक है !

अब यह भाग्य मनुष्य के पीछे ही पड़ गया है।

('भाग्य' शीर्षक कविता लिखते हुए कुछ शब्द)

04.09.1997

'सर्वाइवल ऑव द फिटेस्ट'—सर्वोपयुक्त का बचना, 'प्रजातियों के विकास' के महान वैज्ञानिक सिद्धान्तकार चार्ल्स डार्विन के इस सिद्धान्त को लोग इधर 'सभ्यता और समाज के विकास' के सन्दर्भों में उदाहरण की तरह देने लगते हैं। यह आधारभूत स्तर पर कुतर्क है। 'समाज का विकास' और 'प्रजातियों का विकास' दो अलग-अलग चीज़ें हैं। अब जैसे पूँजीवादी व्यवस्था के साँचे में देखा जाए तो यही सिद्धान्त कितना भयावह लगने लगता है। स्पष्ट है कि जो असहाय है, शोषित है, निर्धन है और निर्बल है वह पूँजीवादी समाज में सर्वोपयुक्त हो नहीं सकता। तब वह कैसे बचेगा! प्राकृतिक विकासमान व्यवस्था के इस सिद्धान्त को एक अप्राकृतिक, कृत्रिम व्यवस्था में रख भर देने से उसके मायने और व्यंजना कितनी बदल जाती है। बैंक में काम कर रहे हमारे मित्र कहते हैं कि बचेगा बिलकुल बचेगा। जो असहायों में, निर्बलों और निर्धनों में सर्वाधिक उपयुक्त होगा, वह बच जाएगा। तर्क है। लेकिन यह तर्क पूँजीवादी समाज के दर्शक-नागरिक की तरफ़ से है। जबकि बहुत साफ़ है कि जो बचेगा, वह जैविक रूप से एक सबसे सहनशील आदमी भर होगा। लेकिन क्या वह समाज के ताक़तवर और आत्मीय हिस्से की तरह बचेगा ?

जो बचेगा वह 'कोरू' होगा। मुझे हावर्ड फास्ट के (अमृतराय द्वारा अनूदित उपन्यास) 'आदिविद्रोही' के उस प्रसंग की याद आ रही है जहाँ 'कोरू' का मतलब बताया गया है। यानी तीन पीढ़ियों का ग़ुलाम। सोने की ख़ानों में बेहद मुश्किल परिस्थितियों में काम कर सकनेवाले ग़ुलाम के बेटे का बेटा। इजिप्ट की ज़बान में एक तरह का ग़लीज़ जानवर, पेट के बल घिसटने-वाला। एक ऐसा जानवर जिसे दूसरे जानवर भी नहीं छूते। इतनी कठिन परिस्थितियों में (और न्यूनतम से भी जो कुछ कम हो सकता है उतना खाना खाते हुए, पानी पीते हुए और नींद लेते हुए) सैकड़ों में से एकाध ग़ुलाम बच पाता है और ऐसे बचे हुए ग़ुलामों की तीसरी पीढ़ी। जो विद्रोह के बारे में सोच ही नहीं सकती। वह अपने को मनुष्य ही नहीं मान सकती। मुक्ति का कोई स्वप्न उसके पास रह नहीं जाता।

तो यह होगी वह 'कोरू' प्रज़ाति, जो असहायों, अशिक्षितों और ग़रीबों, श्रमिकों की तीसरी पीढ़ी के रूप में, यदि 'सर्वाइवल ऑव द फिटेस्ट' के चलते, पूँजीवादी समाज में बच भी पाई तो! मालिकों के लिए इस प्रजाति की ज़रूरत हमेशा से है। क्योंकि यह अपनी मुक्ति के बारे में विचार ही बमुश्किल कर पाएगी और कोई भी सम्भव मुक्तिदाता उन्हें संगठित ही कैसे कर पाएगा! यह दास प्रथा का कितना अधिक परोक्ष और अमानवीय संस्करण है। अपने आपको न्यायपूर्ण घोषित करता हुआ। ग़रीबों को, मज़दूरों को, दुखीजनों को सिर्फ़ अकर्मण्य बताता हुआ।

मेरा देश इसी रास्ते पर चल निकला है। तत्काल मुक्ति का कोई मार्ग नहीं दिखता।

पुनश्च : इस 'कोरू' शब्द को हम यदि सरकारी नौकरियों और जीवन के अन्य व्यवसायों में जुटे शोषण तंत्र के हिस्से हो गए लोगों पर भी लागू करें तो बड़ी मज़ेदार व्यंजना बनती है। जैसे 'कोरू साहूकार', 'कोरू राजनीतिज्ञ' और 'कोरू आई.ए.एस.!' लेकिन ये ख़ास लोग हर पीढ़ी के साथ कितने संगठित, चालाक और भयावह होते जाते हैं! एक पूँजीवादी व्यवस्था के सुचारु और निर्विघ्न रूप से चालन के लिए इन 'कोरू अत्याचारियों' और उन 'कोरू ग़ुलामों'—दोनों की कितनी ज़रूरत है!

दोनों में से कोई मनुष्य नहीं रह पाता है।

यह कितना भयानक है!

10.09.1999

कल लोकसभा के चुनाव हैं। मेरे एक बुद्धिजीवी वामपन्थी मित्र कह रहे हैं कि हमें अपना वोट कम्युनिस्ट पार्टी को नहीं, कांग्रेस को देना चाहिए अन्यथा भाजपा को जीतने में मदद मिलेगी।

चुनाव और सरकारें सच्चे अर्थों में लोकतांत्रिक नहीं हैं। वामपन्थ ने इसी लोकतंत्र को स्वीकार कर लिया है। वह इस संसदीय प्रणाली के साथ खड़ा हो गया है। और ठीक उसी तरह से चुनाव लड़ता है जिस तरह दूसरे दल। (जातीय समीकरण भी देख लेता है।) वामपन्थ की यह दिशा नहीं होना चाहिए। यह समझौतापरस्ती का रास्ता है। यह कहीं नहीं जाता। यह रास्ता अन्तत: कितनी सारी ऊर्जा को सोख लेगा! कितने प्रभामंडलों को नष्ट कर देगा!

यह विडम्बना ही है कि वामपन्थ में जो बुद्धिजीवी और विचारक तबक़ा है वह राजनीतिक कार्यकर्ता नहीं है और जो राजनीतिक कार्यकर्ता है वह प्राय: उस तरह बुद्धिजीवी नहीं। लीडरशिप में कुछ विलक्षण लोगों को छोड़ दिया जाए तो औसत कार्यकर्ता वास्तविक अर्थों में वामपन्थी है ही नहीं। उसकी राजनीतिक समझ और पैतरेबाज़ी वैसी ही है जैसी कि अन्य राजनीतिक दलों के कार्यकर्ता की। वामपन्थी सांस्कृतिक संगठनों, लेखक संगठनों और ट्रेड यूनियनों के भीतर भी ऐसे अनेक लोग हैं जो भारतीय जनता पार्टी के वोटर हैं। या कभी मूड दूसरा हुआ तो कांग्रेस के। अन्दरूनी ताक़त नहीं है। अनुशासन, समझ और संगठन के तत्त्व ग़ायब हो गए हैं।

मैं अपना वोट कम्युनिस्ट पार्टी को दूँगा। इसका कोई मतलब नहीं है सिवाय इसके कि मैं किसी दूसरी पार्टी को अपना वोट नहीं दे सकता।

इसका एक मतलब और हो सकता है। मेरा वोट, यदि कम्युनिस्ट पार्टी जीती तो उसे एक 'बार्गेनिंग पावर' देगा। और यह कितना करुणाजनक होगा। तो क्या फिर मुझे सीधे-सीधे कांग्रेस को ही वोट दे देना चाहिए और वामपन्थ की राजनीतिक संकल्पहीनता को स्वीकार कर लेना चाहिए! लेकिन इस तरह के तर्क हमारा बचा-खुचा क़िला भी ढहा देंगे। यदि कम्युनिस्ट पार्टी को वोट देने से एक फ़ासीवादी पार्टी के जीत का रास्ता ज़्यादा आसानी से खुलता हो तो भी मैं कम्युनिस्ट पार्टी को ही वोट दूँगा, भारतीय जनता पार्टी की जीत को

अपनी और अपने साथियों की विफलता मानूँगा और फ़ासीवाद से अगले मुक़ाबले का इन्तज़ार करूँगा जो शायद अधिक कठिन, अधिक निर्णायक मुक़ाबला होगा। समाज के बदलाव के लिए यह भी एक रास्ता है। हालाँकि ख़तरनाक है।

मुझे लगता है कि जितनी मेधा और क्षमता वामपन्थी विचारकों, लेखकों, स्कॉलरों में है यदि वह संगठित हो जाए तो आगामी एक दशक में ही इस भारतीय समाज का कायाकल्प हो सकता है। लेकिन अभी लगता नहीं कि वामपन्थी पार्टियाँ या नेता इस दिशा में कुछ कर रहे हैं। बल्कि अधिकांश रूप में वे ऐसा मुमकिन भी नहीं मानते हैं। विचारक कलमवीर हैं। कुछ व्याख्यान देकर रोज़ी चला रहे हैं। जो नौकरीपेशा हैं, वे अपनी नौकरी और परिवार सम्बन्धी मुश्किलों में ही फँसे हुए हैं। अभी उन सबका कार्यकर्ता होना शेष है।

27.06.1998

रचनाशीलता में मौलिकता एक तरह का मिथ है।

जिस तरह एक मौलिक मनुष्य असम्भव है उसी तरह एक मौलिक रचना नामुमकिन है। मौलिकता एक अवस्थिति भर है। (जैसे शतरंज के चौंसठ ख़ानों में बत्तीसों या कम-ज़्यादा मोहरों के रहते, तमाम स्थितियाँ बनती-बिगड़ती रह सकती हैं और एक मोहरा इधर-उधर करने से भी एक नितान्त नई अवस्थिति बन जाती है।) एक दी हुई दुनिया है जिसमें आपको अपनी एक दुनिया को जन्म देना है। अपनी अवस्थिति का निर्माण करना है। दी हुई दुनिया का अतिक्रमण भी करना है। यही रचनाशीलता है। यह अवस्थिति मौलिकता है।

सर्जक अपनी रचनाशीलता में कुछ ऐसा ही करते हैं कि एक मोहरे को, कुछ मोहरों को इस तरह रखते हैं कि वह एक नया संयोजन हो जाए। पूरा जीवन विस्तृत ख़ानों से भरा संसार है। शब्द मोहरे हैं। विचार संयोजन की आधारशिलाएँ हैं। कारक हैं। उनसे असीमित सम्भावनाओं को, अनगिन संयोजनों को जन्म दिया जाना सम्भव है। वह सब कुछ अगण्य है। इस सब

कुछ में से रचनाकार अपनी सर्जनात्मकता के ज़रिए, एक परिप्रेक्ष्य देता है। यह परिप्रेक्ष्य कुछ हद तक 'मौलिकता' जैसा समझा जा सकता है।

मेरी हँसी में मेरे पिता की हँसी शामिल है। मेरी चाल में मेरे पितामह हैं। और मेरी जल्दबाज़ी मुझे मेरे नाना से मिली है। यही मेरी मौलिकता है। एक नया संयोजन। मैं इसमें कुछ अपनी तरफ़ से भी जोड़ रहा होऊँगा। (जिसके बारे में यह दावा भी हास्यास्पद होगा कि वह वस्तुतः सिर्फ़ मेरा ही है।) उससे एक नई अवस्थिति बनती है। यह मौलिकता का मिथ है।

अवयव मौलिक नहीं हो सकते। वे हमारे माध्यम के हिस्से हैं। संयोजन नया हो सकता है। तथाकथित मौलिकताएँ यदि कुछ हैं भी तो वे समाज में, जीवन में बनती हैं, साहित्य में उनकी छायाओं को दर्ज भर किया जा सकता है। इसी सबके बीच रचना की कोई मौलिकता, यदि वह वाक़ई है तो, छिपी हो सकती है। यही सर्वाधिक नैसर्गिक है। एक रचनाकार सबका क़र्ज़दार होता है। उसके आसपास की हर जीवित-अजीवित चीज़ का। दृश्य-अदृश्य का। वही उसकी पूँजी है। क़र्ज़ की पूँजी मौलिक नहीं होती। और यह पूँजी समाज में लम्बे कालखंड से विद्यमान है। उसके निवेश और उसके उपयोग का तरीक़ा अलग हो सकता है। यही मौलिकता का मिथ है।

मैं और मेरी रचना उतनी ही मौलिक है जितना कि इस संसार में मेरा अस्तित्व मौलिक है। मेरी मौलिकता पूरे जड़-चेतन से सापेक्ष है, निरपेक्ष नहीं। इसलिए ही वह किसी शुद्ध मौलिकता की तरह मौलिक नहीं।

हाँ, एक बात और—हमारी अज्ञानता भी कई चीज़ों को, मौलिकता के पद (TERM) में, 'मौलिक' घोषित कर सकती है।

12.05.1999

कविता के दृश्य में अजीब तरह की याचना का प्रचलन है। लोग पुकार लगा रहे हैं कि उनकी झोली में उन्हें कवि मान लेने की मान्यता डाल दी जाए। ऐसे अनेक याचक मिल जाएँगे। उनकी याचना के तरीक़े भी नाना प्रकार के हैं। कोई तीन कविताओं की चादर बिछाए बैठा है। भाई, ये देखिए मेरी तीन प्रसिद्ध कविताएँ, इन्हें गानों की तरह गाया भी जा सकता है। कोई दस-बारह

पंक्तियों को कटोरे में सिक्कों की तरह बजाकर गुहार लगा रहा है। एक आलोचना का चाक़ू लिये घूम रहा है। एक के पास समीक्षा के कॉलम की कटार है। एक अपनी दुरवस्था का बखान कर रहा है कि कितनी मुश्किलों के बीच भी मैं कविता लिखता हूँ। एक का रुदन चल रहा है। एक महिला है। एक प्रकाशक है। एक मीडिया में है। एक अनुवादक है। एक हृदयरोगी है। एक अति सुन्दर है। एक साहित्य इतर समस्त कार्यों के लिए प्रस्तुत है। एक सम्पादक है। एक के पास अपनी पत्रिका है। और ये उसके तईं अधिकारपूर्ण याचक होने की योग्यताएँ हैं। अर्हताएँ।

एक मंच पर आते ही 'कविता को जगह दो', 'साहित्य को जगह दो' का अलख जगाने लगता है। एक के लिए कहा जाता है कि देखो, उसके चाचाजी साहित्य के चाचाजी हैं और उसका एक हक़ है कि वह कवि हो जाए। एक कहे जा रहा है कि उसे संगठन में काम करते हुए बीस साल हो गए हैं। एक ने अपने लेटर हेड पर 'डॉक्टर', 'कवि', 'साहित्य रत्न' आदि छपवा लिया है। एक अपने किसी पुरस्कार को हनुमानजी की तसवीर की तरह सामने करता हुआ हँस रहा है। एक सूची लेकर घूम रहा है कि यह देखिए, कुल इतने ही क़ायदे के कवि हैं, आप इसे मानें तो आपका नाम भी इसमें जोड़ा जा सकता है। याचना का, यह दाता भाव का तरीक़ा हुआ। गाने-बजानेवाले कवियों की याचना का तो आलम ही अलग है।

ऐसे कई दृश्य हैं। और प्रत्येक दृश्य में कोई एक ऐसा भी है जो सचमुच कविता लिख रहा है। और याचकों के झुंड में नहीं है।

वह कविता की उम्मीद है।

05.10.1999

एक प्राइवेट कम्पनी की टेलीफ़ोन लाइन की खुदाई का काम शहर में चल रहा है। बताया गया कि प्रशासन ने बड़े स्तर पर शहर खोदने की इजाज़त दी है। क़ानूनी तौर पर है। आज अपनी गली में खुदाई चली तो कुछ क़रीब से देखने का मौक़ा मिला। छोटी-छोटी गलियों में भी खुदाई कराई जा रही है। बमुश्किल गलियों को ठीक किया गया था। मुरम बिछाकर या किसी और

तरीक़े से। कुछ गलियों में अभी-अभी डामर बिछाया गया था या कंक्रीट किया गया था। गलियाँ तंग हैं। 3 फीट गहरा और 2 × 2 फीट का गड्ढा किया जाता है। नालियों के नीचे से छेद कर रहे हैं। अब नीचे केबल्स का संजाल बिछ जाएगा। पानी का पाइप पहले से ही नीचे है। गलियों के कोनों पर एक पिलर बना दिया गया है। पिलर कंक्रीट का है। मोड़ पर है। अब छोटी-मोटी गाड़ियों का मुड़ना भी दिक़्क़ततलब हो गया है। यह सब किसके कहने पर हो रहा है ? किसकी इच्छा पर हो रहा है ? कौन चाहता है ? किसके लिए ? गलियों के निवासियों की राय का कोई अर्थ और ज़रूरत नहीं। यदि सब कुछ सरकारी है तो नागरिक क्या है ? कई मज़दूर काम कर रहे हैं। मौक़े पर ठेकेदार ग़ायब है। प्रशासन की तरफ़ से कोई सार्वजनिक सूचना भी नहीं। कोई उपाय या शिकायत की सहज गुंजाइश भी नहीं। और यह तो पूरे शहर में हो रहा है। क्या किसी प्रशासक को नहीं दीख रहा है ? क्या यह विकास है ? क़ानून किसके लिए है ? पहले से ही अतिक्रमण की शिकार गलियों और मकानों के बीच यह एक नया संकट है। मैं कहता हूँ यह गली मेरी है। यह दृश्य मेरा है। एक दिन अचानक हुक्म बताता है कि सब कुछ सरकार का है। मैं प्रशासकों से बात करता हूँ, पार्षद, नेताओं से बात करता हूँ, वे आश्वस्त करते हैं कि ठीक करा देंगे। मैं ज़ोर देकर उनसे वायदा चाहता हूँ, वे कहते हैं कि नहीं भी कराएँगे तो आप क्या कर लेंगे। सब तरफ़ ऐसा ही संवाद है, यही उत्तर। उनकी निश्चिन्तता सही है, मैं अन्ततः अकेला हूँ और एक बड़ी सक्रिय सामूहिकता के कुछ नहीं किया जा सकता।

ठेकेदार को खोजकर उससे कुछ कहो तो वह एक काग़ज़ निकालकर बताता है जिसके अनुसार उसने क्षति निधि जमा करा दी है और प्रशासन की मंज़ूरी से, क़ानूनी तौर पर वह यह खुदाई अभियान कराने के लिए अधिकृत है। बल्कि यह उसकी रोज़ी-रोटी भी है। भले ही आज यह कहना कुछ अतिवाद लगे लेकिन मुमकिन है कि कल एक ठेकेदार आए और कहे कि मुझे प्रशासन ने, यह देखिए तीन लोगों को मारने की अनुमति दी है। आवश्यक मुआवज़ा राशि मैं जमा करा चुका हूँ और अब अधिकृत हूँ। यही मेरी नौकरी है। तब भी हम क्या उन तीन आदमियों की हत्या होते देखना चुपचाप बर्दाश्त कर लेंगे ? पर्यावरण को, आधारभूत संरचनाओं को नष्ट किए जाने की भी कोई अनुमति देना सम्भव है क्या ? यह भी तो मनुष्यों को

मारना ही हुआ। जानता हूँ कि अभी ऐसे कई व्यापारी आएँगे जो मानव जीवन को, सुविधाएँ देने के नाम पर दुष्कर करेंगे और सरकार उन्हें इस बात की अनुमति देगी।

नीचे तार, ऊपर तार। बिजली के तार। केबल ऑपरेटरों के और टेलीफ़ोन के तार। हर तरफ़ गन्दगी। गलियों में गड्ढे। बीच में मनुष्य।

सचमुच दहशत की बात है।

05.06.1992

न्यायालयों का होना सम्बल है। पर जिस तरह न्यायालय हैं, क़ानून है और जिस तरह न्याय उपलब्ध है वह दुर्भाग्यपूर्ण है।

सबसे बड़ी बात है कि न्यायाधीशों और न्यायालयों के निर्णयों को प्रश्नों और सन्देह से परे कर दिया गया है। मानो एक न्यायाधीश मनुष्य नहीं होता, उसमें मनुष्यजन्य कमज़ोरियाँ नहीं होतीं। जैसे उससे कोई त्रुटि सम्भव नहीं। मानो वह राग-द्वेष, ईर्ष्या और लोभ से परे हो!

न्यायाधीश को सन्देह से परे मान लेना एक तरह से न्याय के ख़िलाफ़ है। अभिव्यक्ति की पवित्रता और स्वतंत्रता के विरुद्ध तो सबसे पहले है।

इसलिए ही, कोई भी देख सकता है, जान सकता है कि न्यायालय हैं, न्यायाधीश हैं लेकिन न्याय दुर्लभ है। इस तंत्र ने न्यायालय को महज़ एक आदरणीय सरकारी संस्था बना दिया है। पेचीदगियों और मुश्किलों से भरी हुई। कठिन और एक मायने में लगभग अप्राप्य। और न्यायाधीशों को ख़ास अर्थों में लगभग असामाजिक कर दिया है। पवित्र और अस्पृश्य।

14.12.1999

आज संयोग हुआ कि बैंक से घर तक पैदल आया। पैदल आया तो पैदल चलने का एक नया अनुभव हुआ। शाम को कर्मचारियों की छुट्टी होती है और लोग भी बाज़ार आदि के लिए निकलते हैं। भीड़ थोड़ी ज़्यादा होती है। सुबह,

दोपहर या देर रात पैदल चलने के तो कई अवसर आए लेकिन पिछले कुछ सालों से इस वक़्त में कभी पैदल चलने का मौक़ा नहीं आया। कुल डेढ़ किलोमीटर के रास्ते में लगा कि पैदल चलनेवाले व्यक्ति की अहमियत घट चुकी है। फ़ुटपाथ तो है ही नहीं। वाहनों का आना-जाना इतना ज़्यादा है कि आपको पूरा ध्यान ट्रैफ़िक पर लगाना होता है। आप कुछ सोचते हुए नहीं चल सकते। धुआँ और धूल का एक ग़ुबार लगातार आपको घेरता है। व्यस्त सड़क पर सबसे असहाय, असुरक्षित और प्रदूषण का सर्वाधिक शिकार पैदल चलनेवाला ही होता है। जैसे शाम को पैदल चलनेवालों के लिए, अदृश्य मनाही है। मुझे याद है कि आज से दस साल पहले ऐसी स्थिति न थी। मैं कई बार पैदल आया-गया हूँ। तब इसी सड़क पर एक अघोषित पट्टी पैदल चलनेवालों की हो जाती थी। इतना बवंडर न था।

पैदल आया तो पैदल चलनेवाले लोगों की मुश्किलों का पता चला, जिनका मैं स्कूटर पर बैठकर, रोज़-रोज़ उनके क़रीब से गुज़रता हुआ भी, अन्दाज़ा लगाना भूलता जा रहा था।

18.12.1996

शब्द मुझे लुभाते हैं। भाषा मुझे बन्धक बनाती है। और स्वतंत्र भी करती है। यह विचित्र है।

शब्दों और भाषा के सामने मैं बार-बार अवश होता हूँ। निरुपाय भी। वशीकरण का शिकार।

इसी सबके बीच, अपने आपको व्यक्त करने का उपक्रम करता हूँ।

29.3.2001

एक दिन अचानक पता चलता है कि हम अभी तक जो कुछ भी करते रहे, वह सब माँ के होने से सम्भव होता रहा और सम्भवत: हम माँ को जताने के लिए ही कुछ करते रहे ताकि वह इस तोष, इस ख़ुशी, इस आश्वस्ति से भरी

रह सके कि उसका बेटा बड़ा हो गया है, कुछ कर सकता है, दुनिया में रह सकता है और इसलिए भी कि माँ को इस ख़ुशफ़हमी में रखा जा सके कि उसके बेटे को अब उसकी अँगुली पकड़कर चलने की ज़रूरत नहीं रही। आज लगता है कि जीवन में सफलता की कामनाएँ इसलिए ही थीं कि माँ को कभी यह अफ़सोस न हो कि उसके बेटे ने एक महत्त्वाकांक्षाहीन जीवन जिया। एक दिन जब माँ नहीं रहती है तो यह उद्घाटित होता है कि जीवन में कुछ पाने की ललक और कारण, दोनों एक साथ क्षतिग्रस्त हो गए। अनेक मामलों में मुझे लगता रहा कि मैं माँ से असहमत हूँ लेकिन विचार करने पर मालूम होता है कि सर्वाधिक सहमत माँ से ही हुआ जा सकता था। इसलिए ऐसा लगना कि माँ से मैं असहमत था, अब एक छलना प्रतीत होती है। माँ ने तो शायद यह कभी समझा ही नहीं कि मैं उससे असहमत रहा हूँ। अपनी बीमारी और दुख में माँ मुझे देखते ही निर्भय हो जाती थी। वह परम आश्वस्त होती थी कि मैं उसे कुछ नहीं होने दूँगा। मेरे साथ ही उसके प्राण निकले। अस्पताल जाते हुए जैसे उसने अपने-आपको मेरे हवाले कर दिया और क्या यह माफ़ी लायक या भूल सकनेवाली बात है कि मैं उसे बचा नहीं सका। जैसे वह मुझसे धोखा खा गई। मुझे यह अपराधबोध घेरता है।

15.04.2001

माँ की मृत्यु। और पिता। और हम।

मृत्यु जीवित रह गए लोगों को एक ख़ास झरोखे में ले जाकर खड़ा कर देती है। जहाँ से वे मृत व्यक्ति का पूरा जीवन देखने का उपक्रम कर सकते हैं। मृतक से जैसा नाता, सम्बन्ध और दख़ल रहा हो, उसी अनुरूप। ज़ैसे एक कथा, एक महाकाव्य, एक चलचित्र, एक जीवन समाप्त हुआ। अब सब कुछ यथास्थिति में, अपने सम्पूर्ण तथ्यों के साथ, आपके सामने उपस्थित है। उसमें कुछ भी जोड़ा या घटाया जाना अब मुमकिन नहीं। जो है, जैसा है, अब वही है। मेरे लिए भी, माँ की मृत्यु ने इस अवसर को उपस्थित कर दिया है। माँ की मृत्यु है, इसलिए कहीं अधिक सघनता के साथ। लेकिन माँ को तटस्थता और निर्विकार भाव से स्मरण करना सम्भव नहीं। उसका जीवन एक ठोस

तथ्य है। विवरणों से भरा एक विवरण। वह समाज में एक मनुष्य की तरह उपस्थित थी लेकिन मेरे लिए माँ थी।

माँ के बिना रहना, रोज़ माँ को याद करना है। माँ नहीं रही। पिता हैं। अब आप पिता को देखते हैं, माँ याद आती है। अपने बच्चों को देखते हैं, पत्नी से बात करते हैं, माँ याद आती है। रात में तारे देखते हैं, एक पेड़ को छूते हैं, सुबह की उजास में आँख खोलते हैं या बत्ती बुझाकर एक नए अँधेरे में सोने जाते हैं, माँ याद आती है। दिनचर्या में ही अनगिनत क्रियाएँ हैं, अनन्त कारण हैं माँ को याद करते चले जाने के।

मृत्यु अब आकस्मिक और सुनिश्चित लगने लगी है। अब किसी की भी मृत्यु की मन में कल्पना करना अधिक सहज हो गया है। जब आप किसी आत्मीय को आकस्मिक रूप से मरते हुए देख लेते हैं तो जैसे अन्य किसी की भी मृत्यु के प्रति, आश्चर्य की जगह, एक तरह की ग्राह्य स्वाभाविकता लेने लगती है। विस्मय, भय और असहायता के भाव सतह पर छूटने लगते हैं। सम्भव है, यह बहुत तात्कालिक दौर हो।

अब मैं ख़ुद की मृत्यु के बारे में भी अधिक तटस्थता से सोच सकता हूँ। बिना घबराए। 44 साल की उम्र, यकायक अधिक जान पड़ने लगी है। यह नाउम्मीदी नहीं है। मृत्यु, जो अब तक अन्धकार से भरी पिंडनुमा आकृति थी, जैसे वह अब प्रकाशमान और पारदर्शी होकर सामने है। जैसे मृत्यु, मृतक के और उससे जुड़े शेष रह गए लोगों के जीवन को प्रकाशित करती है। जिससे जीवन के कोनों-किनारों को देख पाना अधिक सम्भव होता जाता है।

11.07.2001 (रात 12:45)

आज पिताजी को बुख़ार आया। मालूम हुआ तो इस इरादे से उन्हें देखने गया कि यहाँ अपने पास, इस घर में ले आऊँगा। वे नहीं आए। बोले, मेरी इच्छा नहीं है। मैंने ज़्यादा ज़िद की तो कहने लगे—तुम्हें अपने पिता का कहना मानना चाहिए। रामचरितमानस की चौपाई का उदाहरण देने लगे कि पुत्र को माता-पिता की आज्ञा का बिना विचार किए ही पालन करना चाहिए। यह उनका भावनात्मक हथियार था ताकि अपनी ज़िद को रख सकें। मैंने फिर

भी ज़िद की तो बोले—मैं नहीं जाऊँगा, और कोई बात करो। मैं वापस आ गया।

माँ को गुज़रे हुए तीन माह से ऊपर हो गए हैं। पिताजी का अकेलापन समझा जा सकता है। वे गहरे हिन्दूवादी तौर पर धार्मिक हैं। उनके सारे दर्शन और तर्क और कुतर्क भी उसी क्षेत्र से आते हैं। जिस मकान में रहते हैं, वह उन्होंने बनवाया है। उससे उनका मोह भी समझा जा सकता है। लेकिन आज लगा जैसे वे मृत्यु के लिए तैयार हैं। उन्हें जैसे आशंका नहीं आशा है कि एकाध साल में वे चले जाएँगे। वे जीवित लोगों से मोह ख़त्म करना चाहते हैं। लेकिन अपने मकान से नहीं। उन्हें लगता है कि माँ यहीं से गई तो उन्हें भी यहीं से जाना चाहिए। माँ व्रत-उपवास करते हुए, तीज-त्योहारों पर गरिष्ठ भोजन करते हुए और अनावश्यक श्रम करते हुए चल बसीं। तटस्थता से कह सकता हूँ कि अपने शरीर के कष्टों को छिपाने की आदतन कोशिश ने भी उन्हें असामयिक निधन की तरफ़ धकेला। वे बच सकती थीं और उन्हें बचना ही चाहिए था। यह विचार करते हुए मुझे उनका जाना कहीं अधिक सालता है।

वृद्ध होते लोग ख़ास तरह की ज़िद करते हैं और उनकी ज़िद को तोड़ना लगभग नामुमकिन-सा होता जाता है। जैसे आज पिताजी को अपने पास लाने की तमाम कोशिशें असफल हुईं। मैं जानता हूँ कि वे मेरे पास रहेंगे तो अधिक सुविधा और सुख से रह सकेंगे लेकिन वे इस सुविधा और सुख की गिनती नहीं करते। उन्हें अपने मकान से ही विदा होना है और बिना किसी ख़ौफ़ के वे इसकी जैसे तैयारी कर रहे हैं। उन्हें यह समझा पाना और इस बात से सहमत कर पाना कठिन है कि यह जीवन कुछ उपायों से दूर तक बचाया जा सकता है। वे ईश्वर द्वारा गिनकर दी गई साँसों का दर्शन मानते हैं और इसके चलते अनेक सम्भव उपायों और सावधानियों की उपेक्षा करते हैं। चूँकि उनके साथ ज़ोर-ज़बरदस्ती नहीं की जा सकती है, वे आदरणीय हैं—इत्यादि, इसलिए वे एक तरह से अपनी मनमानी कर लेते हैं। वे ग़लत हैं लेकिन पिता हैं। इसलिए सही हैं और विजयी हैं। लेकिन सोचता हूँ कि यह उनकी, एक मनुष्य की स्वतंत्रता भी तो है कि वे कहाँ रहें, कैसे रहें। इसलिए इस स्वतंत्रता का आदर भी उचित है।

फिर भी यह नहीं भूल पाता हूँ कि वे पिता हैं और मैं (उनके मनुष्य की स्वतंत्रता के तमाम अधिकारों के चलते भी) उन्हें खो नहीं देना चाहता। वे इस

तरह क्यों जाने के लिए उद्यत हैं जबकि हम सब उन्हें बेहद प्यार करते हैं और जीवन अपनी विशालता के साथ उनके सामने भी उपस्थित है। यह सच है कि इस दृश्य में अब माँ नहीं है और क्या इस वजह से ही, बाक़ी सब कुछ उनके लिए इस क़दर बेमानी हो उठा है?

10.11.2000

बैंक की वामपन्थी ट्रेड यूनियनें देश की अनेक यूनियनों की तुलना में कहीं अधिक संगठित और सशक्त हैं। कहने की ज़रूरत नहीं कि यूनियन की इस हैसियत को पाने में कई दशक लगे और अनेक साथियों ने जुल्मों का सामना किया। इसी तरह बीमाकर्मियों की भी ट्रेड यूनियन का एक इतिहास है जिसके परिणाम में अब वहाँ प्रभावी यूनियन है। यूनियन अपने अधिकार लड़कर लेती है, संघर्ष करके लेती है और हक़ की तरह लेती है। आज बैंक कर्मचारियों और बीमा कर्मचारियों की सेवा-शर्तें यदि अमानवीय रूप से कठोर नहीं रह गई हैं और उन्हें मिलनेवाली तनख़्वाह और सुविधाएँ पर्याप्त सन्तोषजनक हैं तो इसमें ट्रेड यूनियन की ऐतिहासिक और निर्णायक भूमिका है।

आज मेरे जैसे औसत वेतन पानेवाले कलमजीवी श्रमिक के पास एक मकान है, उपभोक्ता सामग्री की औसतन चीज़ें घर में हैं। निश्चित ही मैं यूनियन को श्रेय दूँगा। इन सब चीज़ों के लिए बैंक ने यदि क़र्ज़ दिया है तो इस क़र्ज़ को दिए जाने की नीति बनवाने में यूनियन का ही सर्वाधिक योगदान है। लेकिन दिक़्क़त यह हो गई है कि श्रमिक रहते हुए भी अब मैं एक ऐसे वर्ग में आ गया हूँ, जिसे महसूस हो सकता है कि उसके पास कुछ ऐसा है जिसे खोया जा सकता है। अनेक लोगों की तरह मैं भी अब अपने वर्ग का ऐसा मज़दूर हूँ जिसे लगता है कि उसके पास, ज़ंजीरों के सिवाय भी खोने के लिए कुछ है। इस बात की पूरी सम्भावना है कि अब मैं एक वर्ग के रूप में क्रान्ति नहीं कर सकता। मुझे इसकी क्या ज़रूरत है? यूनियन ने कालान्तर में अपने सदस्यों को विचारसम्पन्न रखने की कार्यवाही भले नियमित रूप से न दी हो, उपभोक्ता सामग्री तो दे ही दी है।

तो क्या अब मैं सर्वहारा नहीं हूँ? क्या श्रमिकों के भी अब अनेक वर्ग हो गए हैं और श्रमिक किसी एक वर्ग का नहीं रह गया है? सत्य यही जान पड़ता है। इसलिए मुझे लगता है कि ट्रेड यूनियनों की यदि सबसे बड़ी कोई असफलता है तो वह यह कि वे अपने सदस्य साथियों को वैचारिक रूप से अपना साथी नहीं बना सकी हैं। कॉडर की तो बात ही छोड़िए, विचार के स्तर पर न्यूनतम जानकारी और सजगता भी ट्रेड यूनियन के सदस्य-साथियों में बहुत कम दिखती है। तो क्या जाने-अनजाने हमारी यूनियनों ने सर्वहारा वर्ग को, 'गैर-क्रान्तिकारी मध्यवर्ग' में बदलने का काम कर दिया है? सरकारें और पूँजीवादी शक्तियाँ रणनीति के तौर पर, अपने-अपने तरीक़ों से इतना तो कर ही रही हैं कि चैतन्य और साक्षर वर्ग को छोटी-मोटी सुविधाएँ देकर उनके लिए ऐसा लोक तैयार कर दें, जिसमें बने रहने का लोभ और छिन जाने का भय उनके भीतर प्रमुखता से काम कर सके। फिर वह वर्ग अपनी औक़ात और हैसियत भूलकर, सामाजिक बदलाव और क्रान्ति की सम्भावनाओं के बीच 'कुशन' का काम करने लगता है। शॉक ऐबज़ॉर्बर। एक तरह से, जाने-अनजाने यही काम इधर ट्रेड यूनियनों के ज़रिए भी हो गया लगता है। मज़ेदार बात यह है कि दृश्य में सत्ता दल और दक्षिणपन्थी दलों की भी ट्रेड यूनियनें हैं जिनका वर्ग चेतना से दूर-दूर का भी सम्बन्ध नहीं है।

14.04.2002

महत्त्वाकांक्षा अपने मूल में सर्जनात्मकता के लिए प्रेरक तत्त्व है।

शायद!

01.10.2002

उर्वर कविताओं के अनेक उदाहरण बिखरे पड़े हैं। सब तरफ़।

जिज्ञासु, आतुर और श्रमशील पाठक उन्हें भेद पाते हैं। बाक़ी उनसे निष्फल रूप से टकराते हैं और नष्ट होते चले जाते हैं। कविताओं को भी व्यर्थ करते हैं। जो प्रवेश कर लेते हैं, उनसे मिलकर एक नया संसार बनता जाता है।

यह कला के साथ समागम है। यह संसार आपसी सर्जनात्मकता का संसार है। संवेदना और कला-जनित संसार है। यह कला की सामाजिकता का संसार भी है।

यह अन्तत: प्रेम का प्रतिफलन है।

यह छोटा-सा सुन्दर संसार अकेले कवि की पैदाइश नहीं है।

10.08.2002

शिल्प पर मोहित होना जारी है।

शिल्प इस तरह अर्जित किया जा रहा है जैसे आदमी मकान बनवाकर सोचता है कि हो गया इन्तज़ाम। अब हमारा एक स्थायी पता है, हम यहीं मिलेंगे। हमारी उपस्थिति अन्य जगह और किसी दूसरी तरह से यदि हो तो हम झूठे, बेईमान या असफल ठहरा दिए जाएँ। कोई उज्र नहीं। यह शिल्प ही हमारी साधना थी। कला का चरम सत्य हमारे इस शिल्प में आ गया। जैसे वह यथार्थ और कथ्य का विकल्प हो गया।

शिल्प की सवारी शेर की सवारी है। यह उपलब्धि है कि आपने शेर की सवारी की। लेकिन अब आप शिल्प के आसन से उतर नहीं सकते। शेर आपको खाने के लिए तैयार है। आप शेर पर बैठे, यह तसवीर आपकी पहचान है लेकिन अब आप हमेशा ही शेर पर सवार रहने के लिए विवश हैं। आप उसके शिकार हो चुके हैं। आप भूल गए कि जैसे शिल्प को पाना एक महत्त्वपूर्ण पक्ष है उसी तरह शिल्प को पार करना भी। शिल्प के चक्रव्यूह में प्रवेश करनेवाले अभिमन्युओं को चक्रव्यूह से बाहर आने की कला भी आनी चाहिए।

शिल्प साधन होता है, साध्य नहीं। शिल्प यथार्थ से बड़ा नहीं होता। यथार्थ रोज़ बदलता है इसलिए शिल्प स्थिर नहीं रह सकता। वह किसी आदमी की युवा या अधेड़ अवस्था में खींची गई तसवीर की तरह नहीं हो सकता। वह जड़ित फोटो नहीं है। जो शिल्प को ग़ुलाम बनाना चाहते हैं, ज़रा ध्यान दें कि किसने किसको ग़ुलाम बना लिया है। शिल्प औज़ार है, नेम-प्लेट नहीं। 'कैसे कहा गया है' तब ही विचारणीय हो सकता है जब 'क्या कहा गया है'

भी महत्त्वपूर्ण हो। फिर जो रचनाएँ अनूदित होकर हमारे सामने आती हैं या अन्यत्र जाती हैं, वहाँ शिल्प उस तरह से साथ नहीं आता-जाता, जैसा कि वह मूल में रहा आया है। रचना अपने कथ्य के कारण ही देश-काल का संक्रमण करती है।

यथार्थ की चेतना प्रत्येक लेखक से माँग करती है कि शिल्प की दासता से बाहर आया जाए। रचनाकार के लिए यह एक चुनौती है और उसे इसके प्रति स्वीकार भाव रखना चाहिए। शिल्प एक महत्त्वपूर्ण पक्ष है लेकिन यह याद रखना होगा कि शिल्प एक क़ैदख़ाना भी होता है।

शिल्प के उम्रक़ैदियों को देखना दुखद है। जैसे उन्हें शाप दिया गया हो कि जाओ, अब तुम इस 'शिल्प-लोक' में जाकर रहो!

20.05.2002

प्रतिबद्धता को लेकर कुछ लोग लगातार इस तरह बात करते हैं मानो प्रतिबद्ध होना, कट्टर होना है। जबकि सीधी-सच्ची बात है कि प्रतिबद्धता समझ से पैदा होती है, कट्टरता नासमझी से। प्रतिबद्धता वैचारिक गतिशीलता को स्वीकार करती है, कट्टरता एक हदबन्दी में अपनी पताका फहराना चाहती है। प्रतिबद्धता दृढ़ता और विश्वास पैदा करती है, कट्टरता घृणा और संकीर्ण श्रेष्ठी भाव। प्रतिबद्ध होने से आप किसी को व्यक्तिगत शत्रु नहीं मानते हैं, कट्टर होने से व्यक्तिगत शत्रुताएँ बनती ही हैं। प्रतिबद्धता सामूहिकता में एक सर्जनात्मक औज़ार है और कट्टरता अपनी सामूहिकता में विध्वंसक हथियार। प्रतिबद्धता आपको ज़िम्मेवार नागरिक बनाती है और कट्टरता अराजक। जो प्रतिबद्ध नहीं होना चाहते हैं, वे लोग कुतर्कों से प्रतिबद्धता को कट्टरता के समकक्ष रख देना चाहते हैं।

पुनश्च : प्रतिबद्धता और चरित्र में प्रतिशत नहीं चलता। जैसे किसी स्त्री या पुरुष द्वारा यह कहने का कोई अर्थ नहीं है कि 'मैं नब्बे प्रतिशत चरित्रवान हूँ', उसी तरह यह कहने की निरर्थकता भी स्पष्ट है कि मैं पंचानबे प्रतिशत प्रतिबद्ध हूँ। दरअसल इसमें अवसरवादिता की गुंजाइश बची रहती है।

10.03.2001

कैसा होगा वह समाज जहाँ एक धर्म के लोग रहें? एक तरह के ही विश्वासों और जीवनचर्या में बँधे रह सकनेवाले लोग। एक ही धर्म के लोगों की तो फ़सल हो सकती है। वह उपवन या जंगल नहीं हो सकता जो अपनी प्रकृति में ही बहुत औचक, बहुवचनीय, वैविध्यपूर्ण और विस्तारित होता है। इसलिए ही वह अधिक प्राकृतिक, उत्तेजक, रोमांचकारी और जीवन से भरा हुआ होता है। वहाँ रहस्य, चुनौतियाँ और जीवन जी सकने के लिए एकाधिक कारण बसे होते हैं।

मुझे ऐसे मोहल्लों से वास्तविक रूप से डर लगता है जहाँ एक ही जाति या धर्म के लोग, लगभग संगठित होकर या इस भाव से रह रहे होते हैं। यह अप्राकृतिक है। इसलिए मानवीय प्रसन्नता के ख़िलाफ़ है। लेकिन इस समय यह एक वास्तविकता है। यही ख़तरा है। और एक नया डर।

15.03.2004

जैसे कोई भूला हुआ-सा, खोया हुआ-सा, मगन, प्रसन्न और मस्ती में चला जा रहा हो, उसे एक ठोकर लग जाए। वह गिर गया है, माथे पर चोट आई और अब जैसे स्मृति लौट आई है। उसे अपना पुराना जीवन याद आ गया है। खोई हुई, छूटी हुई कड़ियाँ मिलाने पर एक पूरा चक्र बनता है। धुन्ध छँट गई है। याददाश्त खो देने के बाद का जीवन तो एक निश्चेष्ट, निष्क्रिय अध्याय था। प्रमुदित अँधेरे से भरपूर। विस्मृति से बाहर आना, पूरे जीवन को प्रकाश से भर देता है।

जीवन में अनायास घटनेवाली एक छोटी-सी घटना, एक प्रसंग और एक उपेक्षणीय बर्ताव भी वैसा ही काम कर देता है जैसा कि मस्तक पर पड़नेवाला तीव्र आघात जो याददाश्त को वापस ला देता है। आपके मनुष्य होने की प्राचीनतम स्मृति।

अब आपके सामने दो जीवन हैं। एक विशाल चित्र के दो हिस्से। एक, जिसे आप याददाश्त खोकर जीते रहे। दूसरा वह जीवन जो एक परम्परा और इतिहास के रूप में आपके सामने नए सिरे से खुल गया है। जो विपदाओं, लड़ाइयों और बीते हुए समय की गरिमा से भरा पड़ा है। उस गरिमा को आगे के जीवन में चरितार्थ करने के लिए ही जैसे यह ठोकर लगी है।

15.04.2009

जब कहता हूँ कि एक कविता लिखने में मुझे चार दिन लगे तो इसका मतलब है कि मैं चार दिनों तक लगातार उस कविता के लिए परेशान बना रहा और अधिकांश समय मुझे नहीं पता था कि आख़िर कुछ लिखना हो भी पाएगा या नहीं। उस दौरान एक उत्साह, अवसाद और व्यग्रता एक साथ बनी रहती है। दरअसल किसी काम में ठीक-ठीक मन भी नहीं लगता। उस दौरान खाना खाते, चाय पीते, सोते-जागते, प्यार करते हुए, कटिंग करवाते वक़्त, दाढ़ी बनाते, नहाते, टहलते, कुछ पढ़ते हुए या ऑफ़िस में काम करते समय लगातार यह अहसास बना रहता है कि काम तो मुझे कुछ और करना है और यह कौन-सा काम है जो मैं किए जा रहा हूँ!

और फिर सम्भव होता है कि कुछ पंक्तियाँ लिखने बैठ जाता हूँ। जो उस वक़्त लगता है कि सहज प्रवाह में लिख रहा हूँ। लेकिन जानता हूँ कि उसे लिखने में मुझे तत्काल रूप से चार या चालीस दिन लगे हैं। मगर उसके पीछे तो शायद हज़ार दिन हैं।

आख़िर जब मुझे लगता है कि मैं बस अब कुछ लिख ही दूँगा तो एकदम पुलकित हो जाता हूँ लेकिन एक घबराहट भी साथ ही मुझे घेर लेती है। फिर एक ख़ुशी, एक रोमांच, एक नशा मुझ पर तारी होता है।

अब मैं वह सब लिख सकता हूँ जो पिछले कुछ दिनों से मेरे साथ चल रहा था लेकिन मुझे दिख नहीं रहा था। अब मैं प्रसन्न हूँ कि उसे, उसकी लिपि को, उसकी भाषा को पढ़ सकता हूँ, और अपनी तरह से उसे अभिव्यक्त कर सकता हूँ।

21.07.2009

चर्चित युवतर कवि मित्रों से मुलाक़ात के अनुभवों को आज एक साथ जोड़कर याद कर रहा हूँ तो कुछ दिलचस्प लगनेवाली बातें याद आ रही हैं। पहली, उनसे मिलिए तो लगेगा ही नहीं कि आप किसी कवि से मिल रहे हैं। सृजनशील बेचैनी, रोज़मर्रा की हलचल की चोटें, मानवीय घबराहट या मिलने

की स्वाभाविकता, प्रसन्नता उनके साथ प्राय: नहीं है। कौन-सी कविता कहाँ भेजी है, कहाँ छपने जा रही है, किसने उनकी किस कविता की प्रशंसा या बुराई की है और उसका प्रतिवाद, उनकी कुल बातचीत के अजेंडे के इतने ही बिन्दु हैं। यहाँ तक कि वे अपनी नई कविता या रचनात्मक योजना के बारे में, उसकी रचना-प्रक्रिया के बारे में भी ठीक तरह बात नहीं करते। यदि उनसे आग्रह कर दिया जाए कि अपनी नई कविता दिखाएँ या सुनाएँ तो ऐसा लगेगा मानो आपने उनका अपमान ही कर दिया। बल्कि वे सगर्व कहेंगे कि महीनों से तो कुछ लिखा ही नहीं है। (इसमें यह भाव भी छिपा होगा कि जो लिख पा रहे हैं, वे कमतर हैं।) ज़्यादा पूछने पर वे आहत हो सकते हैं कि उनके निजी मामले में दख़ल दिया गया।

दूसरी बात, उनकी प्रतिबद्धता को लेकर दिखती है। मार्क्सवाद को वे पूरी तरह स्वीकार नहीं करते। और कोई दर्शन उनके पास है नहीं। 'मानवता का पक्ष' किसी दर्शन या विचार-प्रणाली के बिना, किसी का भी पक्ष नहीं है क्योंकि वह किसी भी नई संरचना का प्रस्ताव प्रस्तुत नहीं कर रहा होता है और न ही यथास्थिति को धमका रहा होता है। (बातचीत करते हुए वे इतना दाएँ-बाएँ जाते हैं कि स्थिर होकर बात करना मुश्किल!)

12.05.2003 (रात 12:50)

तुम चुप रहो और लिखो। अपनी व्यग्रता, असहायता, लड़ाई से पैदा होनेवाली उम्मीद, रोज़मर्रा के आघातों, अपनी पराजयों और प्राप्त धोखों को याद रखो। और लिखो। रचनाशीलता ही सबसे कठोर और निर्णायक प्रतिक्रिया है, सबसे अच्छा उत्तर। वे लोग तुम्हारे साथ हमेशा रहेंगे जो कविता पढ़कर, बेचैन होकर टहलते हैं जिनमें से अधिकांश तुमसे कभी कोई वार्तालाप नहीं कर पाते। कभी-कभी जो तुम्हें कुछ शब्दों में टूटी-फूटी बातें बताते हैं। जो संख्या में बहुत कम हैं लेकिन जो तुम्हारे सामने एक व्यापक संसार के साथ प्रस्तुत होते हैं।

विश्वास करो, इस विशाल आकाश के नीचे यदि तुम अपने वजूद के साथ रहते हो तो तुम्हारी परछाईं भी एक जगह घेरती है। और यह किसी की अनुकम्पा नहीं है, प्राकृतिक नियम ही है। यह अलग बात है कि यदि तुम तीतर हो, मोर हो, हिरन हो या शेर हो, तब भी तुम पर कुछ लोग निशाना लगाएँगे ही।

लेकिन यह भी विश्वास करो कि तुम एक जीवित, स्पन्दित व्यक्ति की तरह जीवन के सामने खड़े हो, किसी रेत के ढेर की तरह हवाएँ तुम्हें उड़ाकर नहीं ले जा सकतीं।

23.01.2002

आज एक पत्रिका में दो युवा कवियों के कविता-संग्रहों की समीक्षाएँ पढ़ीं। इन समीक्षाओं में एक युवा चर्चित कवि पर प्रहार किया गया है और उसकी चटनी बना दी गई है। दूसरे को प्रतिष्ठित किया गया है। इधर की प्रकाशित प्राय: सभी समीक्षाओं में समीक्षक अपनी निजी पसन्द को आधार बनाता चला जाता है लेकिन उसके पास कोई विश्लेषण नहीं है। सब तरफ़ इसी तरह की समीक्षाएँ छप रही हैं। ये चार कविताएँ अच्छी हैं—कहते हुए वह कोई आधार प्रस्तुत नहीं करता, ऐसा आधार जो तर्कपूर्ण हो, कविता के लिए मूल्य-निर्धारण से निकला हो और जिसे दूसरी कविताओं पर भी लागू किया जा सकता हो! बल्कि ज़ाहिर तौर पर वह सिर्फ़ निन्दा और प्रशंसा करता है। सम्पादक छापते हैं। जैसे सम्पादकों का कोई दायित्व ही नहीं है। सम्पादकों का तर्क है कि कोई समीक्षा लिखने आसानी से तैयार नहीं होता, अब जैसा लोग लिखेंगे, वैसा ही तो छापेंगे। सम्पादकों द्वारा रचनाएँ लौटाने का, जिरह करने का, सुझाव देने और संशोधन करने का प्रयास भी लगभग नहीं है। तमाम तरह के समीक्षक किताबों पर फ़ैसलाकुन समीक्षाएँ लिख रहे हैं, लेखकों को बता रहे हैं कि कहानी या कविता इस तरह लिखी जानी चाहिए। समीक्षक होना तो दूर वे धैर्यवान पाठक भी नहीं हैं। नि:सन्देह वे धृष्टताएँ ही कर रहे हैं और मुग्ध हैं। रचनाकार के पक्ष में सिर्फ़ रचनाएँ खड़ी हैं जिन्हें ऐसी समीक्षाएँ और समीक्षक, क्षत-विक्षत करने का तात्कालिक प्रयास तो कर ही रहे हैं।

रचनाकार एक ऐसा पक्षकार है जिसकी ओर से उत्तर दिया जाना, जैसे अज्ञात मुक़दमे को बिगाड़ देने जैसा है। बेंच में विमुग्ध अज्ञानियों के पैनल में से न्यायाधीशों की नियुक्तियाँ जारी हैं।

13.11.2002

मेरे एक मामाजी हैं। आज वे घर आए हैं। मैं जानता हूँ कि उन्हें बैंगन बहुत पसन्द हैं। संयोग से घर में बैंगन हैं। किसी भी तरह से बैंगन बना दीजिए। भरवाँ, छोटे टुकड़े काटकर, मसाले के, भुरता बनाकर या अधसीजे, बिलकुल सादे, हरे प्याज़ के साथ, बेसन के साथ, तलकर, आलू-गोभी के साथ या यों ही गँवई तरीक़े से। उन्हें बैंगन हर तरह से, हर रूप में पसन्द आते हैं। तमाम तरकारियाँ बनी हों, एक से एक स्वादिष्ट लेकिन बैंगन नहीं हैं तो उन्हें कुछ भी पसन्द नहीं आएगा। वे बहुत मन मारकर ही खाना खाएँगे और सब्ज़ियों से भरे-पूरे इस दृश्य को देखकर दुखी होते रहेंगे, उसे कोसते रहेंगे। शेष सब्ज़ियों में उन्हें इतने दोष नज़र आ जाते हैं कि उनकी प्रतिभा का क़ायल होना पड़ता है। यदि उन्हें कभी ग़लती से कोई दूसरी सब्ज़ी अच्छी लग ही जाए तो वे तुरन्त उसके स्वाद की तुलना बैंगन से कर देंगे कि भाई, यह भी काफ़ी हद तक बैंगन जैसा ही है। मैं बहुत मज़े से उन्हें खाना खाते हुए देखता हूँ।

उन्हें देखकर मुझे दो-चार ऐसे आलोचक याद आते हैं जो किसी ख़ास रचनाकार को ठीक उतना ही पसन्द करते हैं जितना कि मेरे मामाजी बैंगन को। कहीं उन्हें अपना पसन्दीदा 'बैंगन' दिख जाए तो वे ख़ुशी से चीख़ उठते हैं। फिर अपने प्रिय 'बैंगन' की 'डिश' कैसी भी हो, वे उसका गुण बखान करते नहीं अघाएँगे। उनकी पूरी प्रतिभा अचानक सक्रिय हो जाएगी। बिना अपने रचनाकार 'बैंगन' के, उनके लिए यह पूरा समकालीन दृश्य फ़ज़ूल है।

मामाजियों से भरा हुआ आलोचना का यह दृश्य एक करुण हास्य पैदा करता है। इसमें स्वाद की एकरसता की ज़िद तो शामिल है ही, आलोचनात्मक और आस्वादक विवेक भी सिरे से ग़ायब है। हज़ारों फूलों को खिलते देखने के सौन्दर्य की सुखानुभूति भी यहाँ नदारद है।

15.04.2002

यदि याद किया जाए कि संसार में ऐसे कितने महत्त्वपूर्ण रचनाकार हैं जो चालीस साल की उम्र तक चल बसे या लिखना छोड़कर किसी दूसरे काम में

व्यस्त हो गए तो ख़ासी लम्बी सूची बनेगी। यदि इसमें उन अद्वितीय रचनाकारों को भी शामिल कर लिया जाए जिनकी श्रेष्ठ रचनाएँ चालीस वर्ष की उम्र के पूर्व ही आ गई थीं तो पता चलेगा कि लगभग सारे ही उत्कृष्ट लेखक इस सूची में आ गए।

मैं एक अदना कवि! परसों ही पैंतालीस साल पार किए। यदि मैंने अब तक अपना श्रेष्ठतम नहीं लिखा है तो अब लिखते रहने का क्या अर्थ है? कोई ज़िद! महत्त्वाकांक्षा! या फिर अपने भीतर से उठनेवाला कोई ज्वार! आगे और बेहतर लिख पाने का अति आत्मविश्वास! एक आवश्यक कर्म! आशावाद! एक आदतन क्रिया? पता नहीं क्या! और तुक्का यह कि मैं और मेरे तमाम समवयस्क, समकालीन युवा कवि कहे जाते हैं। (ठीक हमसे पहले के लोग भी कहे जाते रहे!) युवा कहे जाने का क्या अर्थ है? कि ये लोग अभी भी साहित्य की दुनिया में अवयस्क हैं। इन्हें कुछ सहानुभूति, कुछ छूट के साथ देखो। अथवा ये लोग युवकोचित साहस, दु:साहस की कविता लिख रहे हैं, इनकी आग और इनके अनुभवहीन उत्साह को देखो। कि ये लोग कैसे भी लिखें, लेकिन अभी परिपक्व औज़ारों से नापने लायक नहीं। कि ये साहित्य को यौवन प्रदान कर रहे हैं। या यह कि इनसे ज़्यादा उम्र के अनेक लोग साहित्य-संसार में हैं और उनकी तुलना में इन्हें युवा कहना ही बेहतर होगा!

चालीस से ऊपर के किसी रचनाकार को युवा कवि (या कथाकार) कहना मुझे बड़ा ही अपमानजनक लगता है। मेरा वश तो इस स्थिति पर नहीं है लेकिन निजी तौर पर मैं इससे कभी ख़ुश नहीं हो सकता कि अब भी मुझे 'युवा कवि' कहा जाए और ऐसा मानकर मुझ पर कोई टिप्पणी की जाए। यदि इस वजह से कोई छूट मिलती है अथवा दया या सुविधा, तो वह और भी दुखकर है।

12.06.2005

कभी-कभी लिखने के लिए कुछ ज़्यादा मानसिक अवकाश की ज़रूरत होती है। इतना वक़्त हो कि किसी बात की, किसी काम की कोई जल्दी न हो। जितनी दूर निगाह जाती हो, फैला हुआ समय दिखता हो और लगे कि यह सब

तुम्हारा है। जैसे किसान अपने खेत को देखता हो! इस पेड़ से लेकर उस नहर तक। इस मेड़ से लेकर उधर रास्ते तक।

मेरे पास यह अवकाश लगातार अनुपस्थित हो रहा है जिसमें मैं छत की ओर टकटकी बाँधकर देख सकूँ। देर तक तारे देखता रहूँ या यों ही संगीत सुनता रहूँ। घूमने जाऊँ तो घर लौटने की व्यग्रता न हो। नहाने घुसूँ तो समय की टनटनाहट न गूँजे। अपने कमरे में बैठूँ तो यों ही, कितनी भी देर के लिए बैठा रह सकूँ। यह उन्मुक्त कर देनेवाला अवकाश होता है। मेरे जीवन में यह था। कह सकते हैं कि सर्जनात्मक आलस्य का समय। अभी कुछ ही सालों पहले तक। इसके न होने से मन में कितनी व्यग्रता और आपाधापी हो गई है। क्या फैलते जा रहे शहरों ने भी आदमी के समय को हर लिया है? या भीतर इतनी चीज़ें जमा हो गई हैं कि उन्होंने अवकाश की जगहों और अनुभूति को अपने होने से ठसाठस भर दिया है। प्रतिस्थापित कर दिया है। लगता है, अन्दर इतनी काई है कि ज़रा भी देर खड़ा नहीं रह पा रहा हूँ। या किसी के पास निश्चिन्त समय नहीं दिखता, इसका प्रभाव चला आया है?

अथवा इस भागमभाग से भरे वक़्त में यह एक रूमानी माँग और आकांक्षा है? समय का नियोजन न कर पाने से पैदा कोई बहाना है? सम्भव है, ऐसा हो लेकिन लगता है कि मुझे एक कोना चाहिए जहाँ टिककर बैठ सकूँ और तमाम भीड़-भाड़, शोरगुल और छूटती-भागती गाड़ियों को नज़रअन्दाज़ कर सकूँ या उन्हें उस मुसाफ़िर की तरह देखूँ जिसे कहीं नहीं जाना है। यह कोना मैं खोज रहा हूँ और जानता हूँ कि इसे पा ही लूँगा क्योंकि इस अवकाश के लिए मैं तड़प रहा हूँ। तब तक के लिए वक़्त की तंग सुरंग में से गुज़र रहा हूँ।

पुनश्च : रात 2:45 : शायद इसी आपाधापी में वह वजह छिपी है जो नौकरीपेशा, कामगार लोगों को शनिवार की रात और इतवार की सुबह उन्मत्त बना देती है। स्वतंत्रता और ख़ुशी से भर देती है। शनिवार की रात विशाल स्फटिक शिला की तरह दिखने लगती है। किसी विस्तृत मैदान की तरह। और इतवार की सुबह नीले जलाशय की तरह, जिसमें पाँव डालकर बैठना भी तैर लेने का सुख देता है। काम करनेवाले लोगों के लिए इतवार का यह अवकाश उनकी मनुष्यता और सहज अधिकार के पक्ष में खड़ा है लेकिन हम देख सकते हैं कि लाखों-करोड़ों लोग हैं, जिन्हें यह अवकाश नसीब नहीं। उनके जीवन

में शनिवार की स्फटिक शिला नहीं है, आकाशगंगा तक चले जाने का मैदान नहीं है और न ही वह फ़ुरसत कि वे किसी सुबह की नदी में पाँव डालकर कुछ विश्रान्ति पा सकें। जबकि सबके जीवन में शनिवार जैसी निश्चिन्त रात और इतवार से दीप्त, भारहीन सुबह होना ही चाहिए।

सोचना भी, होना होता है। सोचने से ही फिर होना होता है। आज नहीं तो कल। या फिर परसों तो ज़रूर ही।

26.11.2005

किसी से मदद माँगना हमेशा ही मुझे अपनी निगाह में दयनीय बना देता है। कई बार ऊपर से ऐसा नहीं दिखता लेकिन हर उस क्षण में, जब किसी से मैं किसी भी तरह की सहायता माँग रहा होता हूँ, मेरे भीतर बहुत सी जीवन्त कोशिकाएँ नष्ट हो रही होती हैं। मैं धूल और शर्म में नहा रहा होता हूँ। मैं उन औपचारिक स्थितियों की बात नहीं कर रहा हूँ जहाँ महज़ शिष्टाचारवश या मैत्रीपूर्ण सहजता में कुछ कहना या माँगना होता है। कभी-कभी, न चाहते हुए, कई बार टाल देने पर भी कुछ स्थितियाँ ऐसी बन ही जाती हैं कि नौकरी में, सामाजिक जीवन में, अनचाही मुश्किल में, व्यावहारिकताओं के चलते किसी ऐसे आदमी से कुछ कहना पड़ता है जो आपका परिचित, मित्र, पदेन व्यक्ति या शुभेच्छु है और प्रसन्नतापूर्वक (या अहसानपूर्वक) आपकी मदद कर सकता है। तब वह समय बड़ा भीषण होता है। अभी मैं ऐसे ही क्षणों में से गुज़रकर बैठा हूँ। वे क्षण मुझे बींध रहे हैं। कोई असहायता, कोई कमज़ोरी, जो उन क्षणों में मुझ पर भारी पड़ गई थी, मुझे अब लज्जित कर रही है। मुझे ख़ुद पर क़ाबू रखना था। लगता है, मैं एक तनाव को झेल नहीं पाया। आशंका और अवसाद ने कुछ देर के लिए मुझे क़ब्ज़े में ले लिया। मैं ख़ुद का शिकार हो गया।

मन को समझाने के लिए यह तर्क सामने आता है कि समाज बना ही ऐसा है कि हर एक को, किसी न किसी से, कुछ न कुछ मदद चाहिए होती है। मुझसे भी लोग मदद माँगते हैं, समाज इसीलिए समुच्चय है। मगर भीतर कुछ है जो ऐसे क्षणों को किरकिराती हुई रेत में बदल देता है। अन्दर कुछ रसायन हैं जो

देर तक एक प्रक्रिया को चलाते रहते हैं और अम्लता बढ़ाते हैं। शायद यह एक ऐसी स्थिति है कि आप किसी से कुछ शेयर भी नहीं कर सकते क्योंकि जो आप सोच रहे हैं, लगता है, वह किसी को समझा नहीं सकते, बात घट चुकी है और भीतर के किसी अंग में कोई कील चुभ गई है जिसका इलाज कुछ नहीं है, एक पछतावा है जो अब अकेले तुम्हारे बस का भी नहीं क्योंकि तुम अकेले उसे मिटा नहीं सकते। वह साथ रहेगा, जब तक स्मृति तुम्हारे साथ है। अब ज़्यादा से ज़्यादा तुम एक बार फिर भविष्य के लिए शपथ ले सकते हो।

मगर तुम एक ऐसी दुनिया में रहते हो जहाँ हज़ार तरह के क़ानून, नियम हैं, प्रशासन, परिवार, पड़ोस, सामाजिकता और अनेक ऐसे बन्धन हैं कि एक दिन यह शपथ तुम्हें फिर चाप पर चढ़ी हुई मिल सकती है, अपना चमचमाता फ़लक तुम्हारे सीने की तरफ़ किए हुए। यह सोचकर व्याकुलता बढ़ती है और ज़िद भी।

मैं फिर शपथ लेता हूँ।

12.08.2005

शुरू में मैं प्रिय लेखकों के साक्षात्कारों को बेहद रुचि से पढ़ता था। लेकिन उनकी रचनाशीलता से गुज़रते हुए मैंने जाना कि कोई लेखक अपनी आत्मा सिर्फ़ अपनी रचना में ही उलीच पाता है। वहीं वह उपस्थित है। अपने मूल स्वभाव और चेहरे के साथ। वहीं उसका पता चलता है। माफ़ करें, मुझे उसकी रचनाओं से ही उसकी दिनचर्या, स्वप्नशीलता, वासना, आकांक्षा, विचार और कुटिलता की विश्वसनीय जानकारी मिलती है। साक्षात्कार एक कृत्रिम और चौकन्नी जगह है। (मुमकिन है यह मेरी उथली, संकीर्ण और व्यक्तिगत समझ हो, जो धीरे-धीरे, चाहे-अनचाहे बन गई है।)

लेकिन यही सम्भवत: वह कारण है कि मैं कुछ महीनों से 'साक्षात्कारों' को टाल रहा हूँ। मराठी भाषा के एक मित्र हैं जो एक अख़बार के लिए, दूसरी मित्र हैं जो इधर चर्चित पत्रिका के लिए और एक सज्जन जो यहाँ स्थानीय सान्ध्यकालीन अख़बार के लिए 'साक्षात्कार' लेना चाहते हैं। न जाने क्या है कि साक्षात्कार के नाम से ही मुझे ऐंठन-सी होने लगती है। लगता है कि जो

कुछ मैं जानता हूँ, समझता हूँ, वह विस्मृत हो जाएगा और मुझे कुछ वे बातें करनी पड़ेंगी जो सजगता से, चतुराई से, ज्ञानप्रदर्शन और वाक्पटुता से ही सम्भव हैं। ये सब बातें होना, ठीक-ठीक दुर्गुण नहीं हैं लेकिन कुछ ऐसा है कि उनसे गुज़रना असहजता मोल लेना है। यद्यपि, बहुत जटिल रचनाकारों के सरल, सुन्दर साक्षात्कार मैंने पढ़े हैं और इसके उलट उदाहरण भी हैं। लेकिन कुल मिलाकर इसी की पुष्टि होती है कि रचनाकार अपनी रचनाओं में ही वास्तविक है।

स्थानीय अख़बार के एक युवा पत्रकार साथी आज इस प्रसंग को लेकर काफ़ी नाराज़ हो गए हैं। मुझे उनकी नाराज़ी से दुख हुआ। वे घर आ ही धमकेंगे तो कुछ न कुछ कहना-सुनना होगा। एक से अधिक साक्षात्कारों में कितनी बातें दोहरानी होती हैं, कितना कुछ विनम्र होते हुए भी आक्रामक हो जाता है, कितना उसमें उपदेशक शामिल हो जाता है और कितना स्पष्टीकरण! शायद, मैं आक्रान्त हो रहा हूँ!

21.01.2003

उधर उस तरफ़ कोने में देखिए। नवधनाढ्यों की तरह एक नया समूह है। वह कविता न लिखने के एवज़ में अख़बारी क़िस्म की समीक्षा इस तरह लिखे जा रहा है मानो वह एक आढ़तिया है जो सोयाबीन में हुए घाटे को मिर्ची बेचकर पूरा करना चाहता है। उसे इस बात को लेकर कोई तकलीफ़ या बेचैनी या आकांक्षा नहीं है कि वह कविता क्यों नहीं लिख पा रहा है। अच्छी या ख़राब। जैसे वह घात में है और एक दिन अचानक पचास महान कविताएँ लिख देगा।

03.03.2007

औपचारिक त्योहार समर्थक मैं कभी नहीं रहा लेकिन अब यह कह सकता हूँ कि धीरे-धीरे मैं त्योहार विरोधी हो गया हूँ। जितने भी त्योहार हैं, सभी में एक तरह की उत्तेजना, रूढ़िवादिता और कहूँ कि कुछ हद तक मूर्खता शामिल हो

चुकी है। यहाँ तक कि राष्ट्रीय त्योहारों में भी इस हद तक कि उन्हें अब किसी उमंग या हार्दिकता से देख पाना कठिन है। त्योहार मुश्किलें, तकलीफ़, गन्दगी, प्रदूषण, आपाधापी और अर्थहीन थकान ज़्यादा पेश करते हैं बनिस्बत इसके कि वे उल्लास, शान्ति, उत्साह और कौतूहल पैदा करें।

दूसरी बात यह कि जीवन जीते हुए इस बात को अब मैं कहीं ज़्यादा समझ सका हूँ कि किसी तिथि या तारीख़ में कोई त्योहार निहित नहीं हो सकता। किसी भी त्योहार का दिन मौसम के हिसाब से बेहद चिपचिपा, उबाऊ बारिश से भरा, बेहद उष्ण, रूखा, सर्द अथवा आर्थिक तंगी या अवसाद भरा हो सकता है। इसकी तुलना में साल में अनेक दिन ऐसे मिलते हैं जो मुझमें त्योहार का अर्थ, उत्साह, शक्ति और सार्वजनिकता भर देते हैं। बारिश के शुरुआती दिन, लम्बी बारिश के बाद का चमकदार दिन, एक शान्त शाम जिसमें बादलों के रंग उपस्थित हो जाते हैं, फरवरी-मार्च के वे दिन जब हवा सूखे पत्तों के साथ खेलती है और अपना मायालोक रचती है। अचानक प्रकट हुआ प्रिय मित्र, अवकाश का कोई ऐसा दिन जब यों ही मन में उमंग भरी हो। (जिसे अभिव्यक्त करना लगभग नामुमकिन हो)। एक दुपहर, एक सुबह और रात दो बजे यकायक खुल गई नींद की वजह से देखा गया तारों भरा आसमान। एक अच्छी फ़िल्म या एक अच्छी पुस्तक। पड़ोस की बच्ची या किसी प्रियजन के साथ बिताया एक पहर। झील, तालाब, नदी, सूर्योदय या सूर्यास्त। अपनी पसन्दीदा सड़क पर डोलना या बॉलकनी में बैठना। अनौपचारिक समारोहों में लोगों से मिलना। रैलियों, जुलूसों, सभाओं, गोष्ठियों का हिस्सा होना। मित्रों के साथ या परिजनों के साथ बैठकर गपियाना। पार्क में खेलते बच्चों को देखना, उस सड़क से गुज़रना जिसके दोनों तरफ़ वृक्षों की अनन्त डालियाँ और पत्ते हों। और वे तमाम प्रसन्न क्षण, जो जीवन में आते ही हैं। ये सब कहीं अधिक अर्थवान हैं और अपनी प्रकृति में त्योहार लेकर उपस्थित हैं।

ये अधिक स्मरणीय दिन भी साबित होते हैं। इनमें निश्चित आवृत्ति नहीं, कोई औपचारिकता या सार्वजनिक अनुकरण शामिल नहीं। मेरे लिए, किसी तारीख़ या तिथि विशेष में त्योहरों को देखना उन्हें सीमित करना है। उनकी प्राकृतिकता को विस्तृत होने और पल्लवित होने से रोकना है, उन्हें औपचारिक और रूढ़ि बनाना है। भले ही इससे एक त्योहार विशेष की सार्वजनिक ग्राह्यता और स्वीकार्यता बनती हो।

बहरहाल, सप्ताह भर से मैं बेहद ख़ुश हूँ। ये दिन मेरी स्मृति में बने रहेंगे। इन दिनों मैंने तीन बुश्शर्ट्स ख़रीदीं और दो पैंट। बच्चों को भी कुछ ख़रीदा और घर में दैनिक उपयोग की चीज़ें। खाने-पीने में रस आ रहा है। घूमने-फिरने, मिलने-जुलने, पढ़ने-लिखने में मन लग रहा है। सुबह-दोपहर-शाम सुन्दर है। साल में तीस-चालीस ऐसे दिन आते ही हैं और किसी एक अवसर पर उनकी कुल लम्बाई चार से दस दिनों तक हो सकती है। यद्यपि अनेक बार उनकी अवधि कुछ घंटों की होती है।

ऐसे दिन और पल मेरे जीवन में त्योहार उपस्थित कर देते हैं। यदि 'त्योहार' कहकर उन दिनों की गरिमा बढ़ाई जा सके तो।

12.04.2005

हाल ही में 'बैंकों के विलय' के सम्बन्ध में विमर्श हुआ है। विचारणीय यह है कि समाज की बेहतरी किस चीज़ से सम्भव है। प्रत्येक आर्थिक कार्यवाही अपने अन्तिम प्रतिफलन में सामाजिक कार्यवाही भी होती है। इसलिए बैंकों के विलय का बिन्दु महज़ आर्थिक जगत् तक सीमित नहीं है। बैंकों के विलय के प्रस्ताव के पीछे की मंशा देखी जानी चाहिए।

पूँजीवाद का लक्षण यह भी है कि वह शहरी, तनावयुक्त, उपभोक्तावादी जीवनचर्या का निर्माण करते हुए परिवारों को तोड़ता है और अति लाभ की कामना में कॉर्पोरेट्स को जोड़ता है। टूटे हुए, अकेले होते, असुरक्षित परिवार अपनी आर्थिक अनिश्चितताओं के चलते किन्हीं भी शर्तों पर काम करनेवाले श्रमिक (बौद्धिक और शारीरिक श्रम दोनों) उपलब्ध कराने में सहायक होते हैं। इसमें गिने-चुने प्रतिभाशाली लोगों को अत्यधिक वेतन देकर वह ख़ुशफ़हमियों से भरा एक नया वर्ग भी बनाता है ताकि उसके लोकतांत्रिक और न्यायपूर्ण होने का सतही भ्रम बरक़रार रखा जा सके। इसी तरह वह कॉर्पोरेट्स को विशाल बनाकर, आपस में विलयन करते हुए क्षेत्रीय संस्थाओं के स्थानीय, लोकप्रिय, संवेदनशील चरित्र को नष्ट करता है। संस्थाओं में परायेपन को बढ़ावा देता है। कर्मचारियों की जायज़ लड़ाई को दुष्कर बनाता है और उनके ऊपर अप्रत्याशित दबाव बनाता है। पूरे संसार में पूँजीवाद का

यही चरित्र है, ख़ासकर विकासशील देशों में इसे पिछले पचीस वर्षों में लक्षित किया जा सकता है। जबकि छोटे या क्षेत्रीय चरित्र के बैंकों में कार्यरत कर्मचारियों के लिए सहज होता है कि वे अपने क्षेत्र के लोगों से घनिष्ठ रिश्ते बनाकर काम कर सकें। अपने क्षेत्र की रोज़गारमूलक योजनाओं में भी इनकी बेहतर भूमिका सम्भव होती है। क्षेत्रीयता से पैदा लगाव और विश्वसनीयता वर्षों में अपना आकार लेती है और सम्बन्धित क्षेत्र की जनता में गहरी आश्वस्ति पैदा करती है।

बैंक या किसी भी संस्थान को विशाल, दीर्घकाय बनाकर जो अतिलाभ होगा, वह कहाँ जाएगा, इसका सम्भव उत्तर सब दूर लागू किए जा रहे निजीकरण के प्रस्तावों में मिल सकता है। हाथी पालने की अपेक्षा सुविधाजनक है कि दस घोड़े पाले जाएँ, जबकि हमें हाथी की ज़रूरत भी नहीं है। और फिर सरकार की नीयत तो 'डायनासौर' बनाने की है। तब किसी एक बैंक के डूब जाने का मतलब क्या होगा, इसका अनुमान लगाना भी नींद उड़ा सकता है।

बैंकों के विलय का प्रश्न मूलतः 'सामाजिक प्रतिबद्धता बनाम पूँजीवाद के संरक्षण' का भी है। इसलिए कहना होगा कि जो बैंकों के विलय के पक्ष में बात करते हैं, वे प्रत्यक्षतः पूँजीवाद के समर्थक हैं और इस तरह आम जनता के हितों के विरुद्ध। बड़े बैंक हमेशा बड़ा जोखिम उठाते हैं और यह जोखिम पूरी तरह जनता द्वारा जमा पैसे पर ही होता है। क्षेत्रीय आधार के या लघुकाय बैंकों में यदि किसी तरह की कमियाँ हैं तो उन्हें सुधारवादी रवैए से देखना होगा। इन बैंकों के स्वायत्त, आत्मीय और भरोसेमन्द स्वरूप की रक्षा करना समाज में बहुसंख्यकों के हितार्थ उचित है।

कुछ दिनों में रहते हुए

2008

1

कई बार कोई तुम्हारी सहायता नहीं कर पाता। न स्मृति, न भविष्य की कल्पना और न ही खिड़की से दिखता दृश्य। न बारिश और न ही तारों भरी ख़ूबसूरत रात। न कविता, न कोई मनुष्य।

संगीत से तुम कुछ आशा करते हो लेकिन थोड़ी देर में वह भी व्यर्थ हो जाता है।

शायद इसी स्थिति को सच्ची असहायता कहा जा सकता है।

2

रात के आकाश में तारों की गतिविधियाँ देखकर मुझे मनुष्य होने की लघुता और महत्ता के बारे में एक साथ स्मरण होता है। यदि कई दिनों तक चाँद, तारे और रात के आसमान को न देखूँ तो मैं संकुचित दिमाग़ का होने लगता हूँ।

बड़े होते शहरों में शायद इसलिए ही ख़ुद पर गर्वीले लेकिन संकुचित दिमाग़वाले लोगों की बहुतायत होती चली जाती है। उनकी आपाधापी और होड़ आपस में बनी रहती है। पेड़ों, तारों, पहाड़ों, धाराओं और चन्द्रमा से,

कुल प्रकृति से उनकी क्रिया-प्रतिक्रिया ख़त्म होती जाती है और वे निरी भीड़ का ही हिस्सा होते चले जाते हैं। काफ़ी हद तक उजड़े हुए से और रूखे।

मैं भी इधर उजड़-सा गया हूँ।

रूखा हो गया हूँ।

3

मैं एक शब्द भूला हुआ था।

मुझे याद नहीं आता था कि वह कौन सा शब्द था। वह रोज़मर्रा का ही कोई शब्द था। आज सोने जाते समय, रात एक बजे वह अचानक कौंधा— 'विषाद'।

हाँ, यही वह शब्द था जिसे मैं अचरज है, कि किसी अविश्वसनीय बात की तरह, न जाने क्यों कुछ समय से भूला हुआ था। जबकि जीवन इसकी इजाज़त नहीं देता था।

4

आख़िर मैं इतना ऊब गया कि मैंने मोबाइल उठाकर फ़ोन लगाना शुरू कर दिया। क़रीब 10-12 लोगों को मैंने फ़ोन लगाए।

ऊब भी क्या चीज़ है!

5

जहाँ अनिश्चय, प्रेम, कामना, स्वप्न और अवसाद से भरी पंक्तियाँ किसी आशा और व्यग्रता में छटपटाती हैं, जो अपने ही निष्फल क्रोध और जर्जरता में बार-बार उमगती हैं, जो अपनी सान्द्रता और विरलता में सघन अनुभूति देती हैं, जिनकी कोई परिभाषा देना और रेखाचित्र बनाना सम्भव नहीं। जिनके बारे में यह सब लिखकर सोचना-कहना भी व्यर्थ है। उन कविताओं से मेरा सहज सम्बन्ध बन जाता है।

और कई बार महज़ कुछ काव्य पंक्तियों से ही।

6

कई बार मैं उन सम्बन्धों के क़रीब फिर जाना चाहता हूँ जो मुझसे छूट गए हैं या दूर हो गए हैं। कुछ प्रयास करते हुए मैं उन्हें शायद फिर से पा सकता हूँ ताकि मेरे जीवन में, मेरी प्रेरणा में कुछ रिक्तता आ गई है तो उसे भर सकूँ। पुनः प्राणवान हो सकूँ।

फिर लगता है कि उन्हें खो देना ही अधिक प्राकृतिक और जीवन के लिए स्वस्थ लक्षण है। सप्रयास सम्बन्धों में पुनर्स्थापना स्वाभाविक नहीं। उन्हें खोकर ही शेष जीवन सम्भव है, जैसा भी हो। उन्हें खो देना ही नियति है। उन्हें पाने की कोशिश यूटोपिया है।

यह किसी दूर टिमटिमाते तारे को पाने की कोशिश है जो खुली जगह की रात में सिर उठाते ही दिखता है और बस ज़रा सी ही देर में डूब जाता है। वह अब मेरी ज़मीन से, मेरे भूगोल से मुझे इस पूरी रात के जीवन में नहीं दिखेगा।

7

मुश्किल और आशा का गहरा सम्बन्ध है।

जब आप कठिनाई या संकट में नहीं होते तो आशा की कोई ज़रूरत नहीं पड़ती। जैसे ही कोई मुश्किल, विपदा, अवसाद या असन्तोष पैदा होता है आशा अपना काम करना शुरू कर देती है। जैसे वह कोई हार्मोन है।

8

एक पत्रिका में एक कविता छपी है।

और कविता के शब्दों से भी ज़्यादा बड़ी कवि की भूमिका।

जैसे कवि द्वारा कुंजी साथ में छापी गई है।

मैं सोच रहा हूँ कि क्या कविता को इस तरह भी पढ़ा और समझा जा सकता है।

9

अर्नेस्ट हेमिंग्वे ने, जो बीमारी की वजह से नोबेल पुरस्कार लेने स्वयं उपस्थित न हो सके थे, अपने संक्षिप्त धन्यवाद भाषण में लिख भेजा था : 'कोई भी लेखक जो ऐसे अनेक महान लेखकों को जानता हो, जिन्हें यह पुरस्कार नहीं मिल सका, इस पुरस्कार को केवल दीनता के साथ ही स्वीकार कर सकता है। ऐसे लेखकों की सूची देने की आवश्यकता नहीं है। यहाँ प्रत्येक आदमी अपने ज्ञान और अन्तर्विवेक से अपनी सूची बना सकता है।'

यह असहमति, लघुता भाव और विनम्रता हर भाषा के पुरस्कार प्राप्तकर्ताओं में देखी जानी चाहिए क्योंकि प्रत्येक समय, हर भाषा के महत्त्वपूर्ण पुरस्कारों में, ऐसे श्रेष्ठ लेखकों की सूची किसी कोने में पड़ी हो सकती है, जिन्हें वे पुरस्कार कब के मिल जाने चाहिए थे। लेकिन हिन्दी में हम देख सकते हैं कि जो पुरस्कार लेते हैं उनमें ढीठता और अहम्मन्यता ही प्रकट होती है।

दीनता की जगह गहरा सन्तोष।

10

मेरे आसपास ऐसे लोग ही ज़्यादातर हैं जिन्हें कविता प्रसन्न नहीं करती। बल्कि कविता उन्हें अनावश्यक ही नहीं, व्यर्थ भी लगती है। वे उसे सहन नहीं कर पाते।

वे किसी भी कलारूप को सहन नहीं कर सकते।

मुझे अहसास है कि मैं इन्हीं सब लोगों की घनघोर उपस्थिति के बीच कुछ लिखने की कोशिश करता हूँ।

यह चुनौती है जिसे प्रेरणा की तरह भी लेना पड़ता है।

11

सोचकर कुछ हद तक अचरज हो सकता है कि मनुष्य की सभ्यता-यात्रा में आविष्कृत कुछ आविष्कार ऐसे हैं, जो आज भी अपने आपमें न

केवल अत्यन्त उपयोगी हैं बल्कि जिनका ठीक–ठीक विकल्प भी नहीं है। ख़ासतौर पर उनमें लगनेवाली ऊर्जा एवं धन के अनुपात में उनका विकल्प असुविधाजनक और महँगा है, सहज ग्राह्य और प्राप्य नहीं है। जैसे : झाड़ू, छाता, चश्मा, मच्छरदानी, झोला, तवा, बेलन, चिमटा, दरी, रस्सी, घड़ा, डंडा।

12

क्या संसार में कोई ऐसा भी है जो रेलवे प्लेटफॉर्म पर खड़ा हो और छूटती रेल जिसे उदास न करती हो? प्लेटफॉर्म के ठीक बाहर खड़ा पेड़, जो उसे फिर कुछ याद न दिलाता हो?

क्या? क्या?... ?

दिमाग़ पर ज़ोर डालकर कुछ सोचना न पड़ता हो।

13

रात जैसे मेरी रक्षा के लिए ही आती है।

सब तरफ़ शान्ति फैल रही है। अब मेरे सामने विशाल मैदान है। रात की तरफ़ मैं प्रेमिका की तरह, उमंग की तरह, लहर की तरह, द्वीप की तरह, उम्मीद की तरह देखता हूँ जिसमें मेरे कुछ करते रहने, लिखते–पढ़ते रहने की गुंजाइश, अवकाश है। इस रात्रि–प्रेम ने मुझसे मुरी सुबहें छीन ली हैं, यह दुख मनाया जा सकता है लेकिन इस रात की विशाल जगह ने मुझे कितना कुछ उपलब्ध कराया है, यह बात तारे जानते हैं, गली में जलती रोशनियाँ और टूटता–फूटता मुसाफ़िर चाँद।

ऑफ़िस से लौटता हूँ। फूहड़ताएँ और थकान साथ में लौटती हैं। रात में ही कई बार अगले दिन की नीरसता और थकान दिखने लगती है। अभी चार घंटे पहले मैं एक फाइल से, एक रिटर्न से उलझ रहा था और अब कविता पढ़ रहा हूँ या कुछ लिखने की कोशिश में जूझ रहा हूँ। बड़ा घालमेल हो जाता है।

लेकिन यह सुख है कि अभी यह चढ़ती हुई रात है।

2010

1

उदासी मेरे लिए ज़्यादा सहज और स्वाभाविक है। मैं सप्रयास ही ख़ुश रह पाता हूँ और वह भी संक्षिप्त समय के लिए। अनेक लोग हैं जो इतनी ही स्वाभाविकता और सहजता से ख़ुश रहते हैं जैसे ख़ुशी या प्रसन्नता उनके ख़ून में बहती हो! मेरे ख़ून में अवसाद और उदासी है। मेरी नींद में और हँसी में भी। इस उदासी के साथ ही मैं थोड़ा-बहुत ख़ुश रह सकता हूँ।

अचरज होता है कि कुछ लोग हमेशा प्रसन्न कैसे बने रहते हैं! क्या किसी ऊँचे आध्यात्मिक स्तर पर ऐसा सम्भव है? लेकिन यह रास्ता तो असामाजिकता की तरफ़ जा सकता है। या वे प्रखर अभिनेता हैं? लेकिन इतना लम्बा और प्रभावी अभिनय सम्भव नहीं। या फिर वे मान चुके हैं कि जब सब कुछ स्याह है, गड़बड़ है तब प्रसन्नता को ही किसी तरह अर्जित करते रहना उचित है। उसके लिए रोज़ नक़ली हँसी का, ठहाका लगाने का अभ्यास भी कोई बुरी बात नहीं। अथवा उनके पास इतनी साधन-सम्पन्नता है कि हमेशा ख़ुश रहने की निश्चिन्तता उनमें स्थायी रूप से निवास करने लगी है। जैसे उनके लिए उपलब्ध सब चीज़ें ख़ुशी का पर्यायवाची हैं और पर्वतों की तरह दीर्घायु और स्थिर हैं। मानो आसपास का कोई भी दृश्य उन्हें उदास नहीं करता, उनकी ख़ुशी में दख़ल नहीं देता। जो भी हो, अकसर ही मैं उन्हें ईर्ष्या से देखता हूँ।

देव पुरुषों की तरह; अप्राप्य और अलभ्य मीनारों की तरह।

मैं ऐसे पेड़ों को जानता हूँ, ऐसी पुलियों, झुरमुटों और जगहों को जानता हूँ जो ख़ुशी के लिए जानी जाती हैं लेकिन देखता हूँ कि कई बार वे भी उदास होती हैं और मुझे, मेरे अवसाद और मेरी उदासी को भी जगह देती हैं। समाहित कर लेती हैं, किसी प्रसन्नता में तब्दील हो जाने के लिए नहीं बल्कि यह जताने के लिए कि उदासी से अधिक प्राकृतिक शायद कुछ नहीं।

कभी मुझे ऐसा भी लगता है कि जैसे मैं प्रसन्नता के ख़िलाफ़ हूँ। कम से कम जैसी सार्वजनिक प्रसन्नता और ख़ुशी सब तरफ़ दिखाई पड़ती है, वह

किस क़दर अश्लील और अमानवीय है। मैं लेकिन कभी-कभी ख़ुशी का शिकार भी होता हूँ।

पुनश्च : जो किताबें, लेख, प्रबन्धक और उपदेशक बखान करते हैं कि आदमी को हमेशा प्रसन्न रहना चाहिए, उन्हें बिलकुल भी अन्दाज़ा नहीं है कि संवेदनशील मनुष्यों के तत्त्वों में से एक महत्त्वपूर्ण तत्त्व उदासी है। स्थायी घटक।

उसका एक अनिवार्य अवयव।

2

घिसे हुए शीशे की दीवारों से ये दिन घिरे हुए हैं।

कुछ भी देखो, इन्हीं शीशों से गुज़रकर देखा जाना सम्भव है। चीज़ें अपने वास्तविक आकार, तेजस्विता और रंग-रूप में नहीं दिखतीं। सब कुछ आभासी लगता है। चीज़ें हैं भी और नहीं भी हैं। अपने आसपास का वातावरण, आते-जाते लोग, मित्र, रिश्तेदार, परिचित, ये गेंदे के फूल और आकाश, सब इन्हीं शीशे की दीवारों के पार है। धुँधले शीशों में से देखे जाने के लिए अभिशप्त। या कोई धुन्ध है। अमिट कोहरा है जो इस सब कुछ पर, मेरी दुनिया पर छा गया है।

वर्तमान को इतने सारे धुएँ ने, अनिश्चय ने, अजीब सक्रियता ने और इन धुँधले शीशों ने इस तरह ढाँप लिया है कि कुछ ठीक से दिखना मुमकिन नहीं रहा। यह एक दृश्य है जो हर कोण से तिर्यक् है।

कहीं भी जाओ, घिसे हुए शीशों की दीवारें साथ-साथ चलती हैं। हमें घेरे में लेकर। ये लौह दीवारों से भी अधिक मज़बूत हैं। पारदर्शी हैं लेकिन ये अधिक सुनसान, अधिक अँधेरा और अधिक अकेलापन पैदा करती हैं। इनके आरपार दिखता है। क्या ? इनके आरपार रोशनी आती-जाती है। कैसी ? तय करना मुश्किल है।

लेकिन एक दिन ऐसी चीज़ों के भीतर रहते हुए, यातनाओं से गुज़रते हुए, अपना सब कुछ बरबाद होते देखते हुए कुछ जगहें ऐसी दिखने लगती हैं जहाँ यदि नाख़ून भी लगाया जाए तो शीशों में भी खरोंच आना शुरू होती है।

जगहें दिखती हैं जहाँ से ये तड़केंगे।

3

दरअसल हम सब अब किसी न किसी कॉर्पोरेट की अधीनता में रहते हैं। प्रत्यक्षतः या परोक्ष रूप से। हमारा सब कुछ किसी कॉर्पोरेट की परिधि में है। यह घर, इसमें रहनेवाले लोग, यह कॉलोनी, बाहर का पूरा दृश्य, ये नए लगाए गए पेड़, यह भिखारी, यह प्रधानमंत्री और यह मेरी परछाईं—सब कुछ निजी संस्थानों के नियंत्रण में है। बल्कि उनकी इच्छा और दया पर है। सचिवालयों और न्यायालयों की परिधि से यह सब मानो बाहर है क्योंकि उनकी अनुमति और नियमावली के तहत वे सब हैं। अधिकतम यह हो सकता है कि वे कॉर्पोरेट्स के पक्ष में ही कोई अधिसूचना, निर्णय या संशोधन जारी कर दें।

सरकार तो लाठीचार्ज भी करा सकती है।

दूर एक पहाड़ी दिखती है। अभी हरियाली से हरी। धीरे-धीरे यह मैदान में बदल जाएगी। इस पर संस्थानों की, निगमों की नज़र पड़ चुकी है। यह सर्वोच्च सभा, यह हथठेला, यह अख़बार, यह अस्पताल, यह महाविद्यालय, ये बच्चे, यह पानी की बोतल, यह तालाब, और ऊपर उड़ता हुआ हवाई जहाज़, यह सड़क जहाँ भी निगाह डालो, देख सकते हो कि सब कुछ किसी न किसी कॉर्पोरेट के अधीन है। उनका साधन है, उनका उपनिवेश है या उनके किसी क़र्ज़ से लिथड़ा हुआ है। आप एकबारगी मुख्यमंत्री से, ज़िलाधीश या किसी गुंडे से लड़ सकते हैं लेकिन कॉर्पोरेट से नहीं। मुश्किल बस यही है कि अब सब तरफ़ सिर्फ़ कार्पोरेट्स हैं। सरकारें भी समस्याओं के समाधान के लिए किसी न किसी संस्थान का विजिटिंग कार्ड हमें थमा देती हैं।

4

इधर रचनाकारों का एक ऐसा समूह दिखता है जो आपसी तालमेल बैठा रहा है। साहित्यगत कला, विचार या आन्दोलन के लिए नहीं, प्रबन्धन और मार्केटिंग के लिए। अन्य कोई ऐसा सूत्र दिखता भी नहीं जिससे उन सबको एक तरह से देखा जा सके। वे एक-दूसरे का सन्दर्भ बताते हैं, एक दूसरे की अनुशंसा करते हैं, एक दूसरे को प्रस्तुत करते हैं, एक दूसरे पर महत्त्वाकांक्षी टिप्पणी करते हैं और एक दूसरे की विलक्षण विशेषताएँ बताते हैं। अपनी और

अपने उन्हीं पाँच-सात मित्रों की रचनाओं की व्याख्या करते हैं। किंचित् समय में ही अपना योगदान भी रेखांकित कर देते हैं। मुझे इसमें इतनी ग़ौर करने लायक बात न लगती यदि उनकी रचनाएँ भी वही सब कह रही होतीं, कर रही होतीं जो वे एक दूसरे के लिए कह या कर रहे हैं।

एक अल्हड़, नादान चिन्ता यह भी है कि उनके जीवन के बाद उनकी रचनाओं को कौन अनुशंसित करेगा। यदि रचना की श्रेष्ठता ही यह कर पाएगी तो फिर अभी इतने सुनियोजन की ज़रूरत क्यों है। निश्चय ही उनके पास भी कोई कारण या तर्क होगा। हो सकता है, मुझमें ही उतनी परिपक्वता या समझ आना शेष हो कि मैं उसी अर्थ में उन रचनाओं को ग्रहण कर सकूँ जिस श्रेष्ठता में उनका बखान किया जा रहा है। अभी तक तो मैं निष्फल रहा हूँ। लेकिन चलिए, कोशिश जारी रखते हैं।

इसी में शुभकामना सन्निहित मानी जा सकती है।

5

क़स्बों की एक अलग गन्ध होती है। यह धूल से शुरू होती है और जकड़ लेती है। इसे शहरों में नहीं सूँघा जा सकता। गाँवों में भी उस तरह नहीं। क़स्बों की गति, शामें, रातें और सुबहें। उनकी आर्थिक, सामाजिक दिनचर्या। बाज़ार। एक गली और एक सड़क में तमाम दृश्य। सब अलग।

बहुत दिनों के बाद आज एक क़स्बे में हूँ। रात 11 बजे, बस स्टैंड पर दो दुकानें खुली हैं। पानी ख़रीदता हूँ। वहीं पास में दो कुत्ते सो रहे हैं। एक गाय है जो जूठन से सना अख़बार खा रही है। रात है जिसमें आसमान दिख रहा है और तारे भी। बिजली कभी भी जा सकती है।

क्या मैं किसी क़स्बे में ही रहना चाहता हूँ? जहाँ धूल न हो। लेकिन धूल के बिना क़स्बा कैसा? कुछ असम्भव सी बात! मगर होगा, कोई न कोई क़स्बा ऐसा होगा जहाँ धूल नहीं होगी। और अपार ठंड भी न पड़ती हो। एक क़स्बा, जिसमें अनन्त गलियाँ हों और सुनसान रात। यह यूटोपिया है। नॉस्टेल्ज़िया भी है। जो अभी नहीं है उसके प्रति रोमांटिक ख़याल है। लेकिन है।

एक क़स्बे में जीवन की अनन्त छबियाँ, आसानियाँ और मुश्किलें एक किलोमीटर की परिधि में ही दिख जाती हैं। शहरों में तो दूर-दूर तक काफ़ी

कुछ एक सा जीवन दिखता है। मध्यवर्ग और उसकी जीवन-शैली काई की तरह फैलती है। बाक़ी सबको ढाँपती हुई।

एक निष्क्रिय, लिजलिजी हरीतिमा।

2011

1

मैं इतनी अनिश्चितता में अपनी दिनचर्या जी रहा हूँ कि मुझे ख़ुद नहीं पता कि मेरी ख़बर क्या है और मैं क्या हूँ और क्या हो जाना चाहता हूँ और यह भी नहीं पता कि आख़िर यह 'मैं' है क्या बला! मैं जो अपने कठिन क्षणों में शायद लेखक जैसा कुछ है और मुश्किल जीवन में निश्चित ही एक परेशानहाल मनुष्य। अपनी दुविधाओं, संकटों और आकांक्षाओं से घिरा हुआ। दुबका हुआ। लड़ता हुआ।

हक्का-बक्का।

उम्मीद की जा सकती है कि चीज़ें ठीक हो जाएँ। लेकिन सामने ठोस परेशानियाँ हैं। पत्थर की तरह ठोस। अपारदर्शी और कठोर। वे जीवन की मुश्किलों भरी सच्चाइयाँ हैं और मुझे उनका अपनी पत्तियों से, अपने फूलों और अपनी जड़ों से सामना करना है। यह ऐसा युद्ध है जो असमान है, जो विजयी होने के निश्चय के साथ लड़ा जाना है।

और मैं इतना खोया-खोया हूँ, इतनी उदासियों, असहायता और बेगानेपन से घिरा हूँ कि कहना चाहता हूँ—बर्फ़, मुँह से शब्द निकलता है—कीचड़। कहना चाहता हूँ गुलाब और उच्चरित होता है—अँधेरा। मेरे पास ईश्वर नहीं है और किसी मुश्किल में मैं उसे खोजना या पालना भी नहीं चाहता।

जानता हूँ कि मेरे अलावा बाक़ी संसार में कोई मेरी सहायता नहीं कर सकता। तो मैं कोशिश करता रहता हूँ कि अपनी सहायता करता रह सकूँ। हर हाल में। यहाँ किसी को इससे कोई मतलब भी नहीं कि आप कैसे हैं। आपसे पूछा जाता है कि 'अच्छे तो हैं', आप जवाब देते हैं 'एकदम ठीक।' पूरी दुनिया मान लेती है। क्योंकि यही वह सुनना चाहती है। और यदि आप कभी बेख़याली में कह दें कि 'ठीक नहीं हूँ' तो फिर वह आपसे कभी नहीं पूछना चाहेगी : 'अच्छे तो हैं।'

क्या मैं ख़ुद एक तारा बन गया हूँ, बहुत दूर का एक तारा, जिसे महानगरों के आसमान से तो देखना भी मुहाल है।

2

तुम याद करो कि तुम लिखना-पढ़ना चाहते हो।

बाक़ी बातें इसी के आसपास उग सकती हैं। जैसे एक वृक्ष के किनारे झाड़ियाँ उग आती हैं या पानी के किनारे दूब।

3

यह जीवन यों ही खेल करने, कीर्तन करने, महज़ खाने-पीने-आनन्द उठाने के लिए सिर्फ़ उनका हेतु है जो कलाविहीन हैं।

यह पुरानी बात भी कितनी नई है, आधुनिक है।

उत्तर और उत्तरोत्तर आधुनिक भी।

4

कोई भी सम्बन्ध जो हमें पाश में ले, जकड़ ले या पलायन के लिए प्रेरित करे या स्थायी विमुखता बना ले, वह सम्बन्ध प्रेमजन्य नहीं। प्रेम और क्षमा का भी गहरा सम्बन्ध है। जो आपको क्षमा नहीं कर सकता, वह दरसअल, आपको प्रेम नहीं करता।

5

हम सब अपनी-अपनी मुसीबतों, दुर्घटनाओं के साथ जीवित हैं। संवेदित और अभिशप्त हैं। इससे हमारी बहुत सी सीमाएँ बनती हैं और एक अन्तरिक्ष भी। कोई किसी मित्र, प्रेम या आत्मीय का विकल्प नहीं हो सकता। वह एक दूसरा ही व्यक्ति होगा।

सम्बन्धों की अपनी एक आयु होती है। जैसे हमारी। जन्म, बचपन, युवावस्था, जरावस्था और मृत्यु।

कई सम्बन्धों का असामयिक निधन भी हो जाता है, ठीक उसी तरह जैसे अनेक लोगों का जीवन अचानक समाप्त हो जाता है। लेकिन बचे हुए लोग उससे निराश नहीं होते, टूट नहीं जाते; जीवन की निरन्तर महानता में विश्वास करते हैं, पलायन नहीं करते।

6

एक लेखक या कोई संवेदनशील मन अनिवार्य रूप से अकेला होता है। ऐकान्तिक भी और अकेला भी। इस नियति से बचा नहीं जा सकता।

हम सब अपने–अपने उपक्रमों से, अकेलेपन से युद्ध करते हैं, इसे दूर करना चाहते हैं और हर कोशिश में कुछ और अकेले हो जाते हैं। जैसे हर बार उम्मीद का एक बीज बोते हैं, जैसे किसी अनुर्वर भूमि में, ऊसर में, और फिर वही सिकुड़ा हुआ अंकुर या मुरझाया डंठल हमें मिलता है।

और इस पराक्रम में ऐसा भी होता है कि हम एक जीवन की योजना बनाते हैं, प्रस्ताव करते हैं और अचानक किसी और जीवन में जाकर बैठ जाते हैं। किसी और का जीवन जीने लगते हैं, यह सोचकर कि यही अपना जीवन है।

बहरहाल, बहाने के लिए एक बात है : देखो, तुम अकेले ही अकेले नहीं हो।

7

मैं एक नाख़ुशी से दूसरी नाख़ुशी की तरफ़ जाता हूँ। एक सन्ताप से निकलकर दूसरे सन्ताप की खाई में। संसार में हमेशा कुछ ऐसे लोग होते हैं जो हर स्थिति में असन्तोष, बेचैनी और अवसाद में बने रहते हैं। शायद, मेरी भी नागरिकता वही है।

यह समाज बहुत से लोगों के लिए ख़ुशी का पर्याय इसलिए भी हो सकता है कि यह दुनिया उन लोगों से भी बनती है जो हमेशा अपनी उदासी, घबराहट, अभावग्रस्तता और अप्रसन्नता से घिरे हुए किसी न किसी ज़रूरी या फ़ालतू काम में जुटे रहते हैं। जो कभी–कभी जीयनयापन से भी प्रेरित होता है और अकसर यों ही किसी आकांक्षा से या एक बेहतर निराशा से।

मित्र को पत्र के कुछ हिस्से

2005

1

एक विधा ही जीवन नष्ट करने और उसे समृद्ध करने के लिए पर्याप्त होती है। अन्य विधा में जा सकते हैं लेकिन आदर और हिम्मत के साथ। चुनौतियाँ रखकर, समझकर। परम्परा को याद करते हुए, समकालीनता को समझते हुए और उसे लाँघने का दुःसाहस करते हुए।

कोशिश तो यही हो, भले फिर औंधे मुँह गिर पड़ो।

2

जब तुम नहीं लिख रहे होते हो, वह समय अत्यन्त मूल्यवान है और क़तई दूसरे फ़ालतू कामों में लगा देने के लिए नहीं है। ऐसे काम तुम्हें थका देंगे जबकि फ़ुरसत तुम्हें कई तरह से सम्पन्न करेगी। तुम्हें अवकाश की खोज लगातार करना चाहिए जिसमें तुम अपने निजी होने को, मनुष्य होने को, आलस्य और उनींदेपन को अनुभव करते रह सको, जिसमें तुम इन्द्रियों को ढीला छोड़ सको और उन्हें यह छूट दे सको कि वे अपना काम अपनी तरह से करती रह सकें। तुम्हें अपने मन के आकाश को भी बाधित नहीं रखना चाहिए ताकि ज़रूरत पड़ने पर उसमें चिड़ियाँ या चीलें उड़ान भर सकें।

3

विशाल शहर और यह फ़ालतू और व्यस्त जीवन तुम्हें अपनी तात्कालिकता और आपाधापी का शिकार बना रहा है। तुम ज़रूरत पड़ने पर सुरंग खोद सकते हो तो क्या किसी सम्पादक के आग्रह और प्रस्ताव पर सुरंग खोदने लग जाओगे! तुम्हें क्या करना है, इसका निश्चय तुम ख़ुद कर सकते हो और अपने धैर्य को परखकर ही निर्णय लेना होगा। ऐसा नहीं है कि तुम्हारे पास विवेक न हो लेकिन किसी ऐसी दौड़ में शामिल होने से कोई मतलब नहीं जो तुम्हें हाँफने के लिए शेष कर दे। इसके लिए एक सूत्र हो सकता है : 'कोई भी ऐसा काम मत करो जो तुम्हें लगता हो कि तुम्हारे सर्जक के अलावा कोई और भी उसे कर सकने में समर्थ है।' इसलिए 'दिए गए विषय' पर लिखने को लेकर मैं प्राय: परेशान, असहज और हतप्रभ बना रहता हूँ। लगता है, मैं कोई परीक्षार्थी हूँ।

4

पौधों को अपनी हवा, अपने प्रकाश के भरोसे भी छोड़ देना चाहिए। दूब की बार-बार निंदाई करना अकसर उज्ज्वलता और हरीतिमा को नष्ट कर सकती है। तुम चीज़ों के बारे में इस तरह दो-टूक निर्णय लेते दिखते हो जैसे वह कोई संचालित करनेवाला सूत्र है। यह कवि-व्यवहार नहीं हो सकता।

5

वह कविता ऊर्ध्वगामी नहीं है, जिसमें कवि का संत्रास, विकलता, यूटोपिया और वह पुकार अनुपस्थित है जो कवि के होने और उसके जीवन को सम्भव बनाती है, तब रुककर, पलटकर देखने में बुराई नहीं है। शायद एक मनुष्य की मूर्खता, भावुकता और व्याकुलता से भी कवि के अवयव बनते हैं। कितने तरह के नट, ठग, जगमगाहट, चमक, खनक और प्याले राह में नहीं मिलते। तमाम प्रलोभनों के बीच कविता की राह ऊबड़-खाबड़ और औचक है।

6

कवि में काव्येतर लेखन की इच्छा गहरी सर्जनात्मक आकांक्षा का परिणाम हो तो बेहतर लेकिन कहीं वह रचनाकार–व्यक्ति की महज़ महत्त्वाकांक्षा से प्रेरित तो नहीं है ? भीतर के दबावों की आहटें वहाँ सुन पड़ती हैं क्या ? न ही एक कवि रॉकेट की तरह हो सकता है। इसके बरअक्स वह चींटी, मधुमक्खी या कठफोड़वा जैसा कुछ हो सकता है। कवि ख़राब कविता लिखे, इससे मुझे कभी दुख नहीं होगा लेकिन उसमें उसके दिलो–दिमाग़ के 'प्रेशर कुकर' की सीटी सुनाई देनी चाहिए।

7

सम्बन्धवाद, मित्रवाद की चेतना धुन्ध की तरह छा सकती है। साहित्य की सतह पर उपस्थित, बाहरी 'एक्टिविज़्म' की जगह कवि का सम्बन्ध अपने स्वप्न और विचार के एक्टिविज़्म से हो तो बेहतर। अपने समय और सभ्यता में मनुष्य होने के, जीवित रहने के, आसपास से प्रभावित होने के लक्षण हर व्यक्ति में होते हैं। कवि में भी होंगे। लेकिन कवि शायद वही हो सकता है जो रोज़ एक नया जन्म ले। ख़ुद गर्भ धारण करे और ख़ुद का ही नया प्रसव करे।

मान लो कि ये सब बातें तुमसे न कहकर मैं ख़ुद से ही कह रहा हूँ।

एक शैवाल, एक मछली, एक सीप

एक शैवाल, एक मछली, एक सीप

रचना-प्रक्रिया

1

हर रचनाकार जानता है कि रचना-प्रक्रिया सर्वाधिक अमूर्त और अव्याख्येय है। क्या वे ही क्षण इस प्रक्रिया में शामिल हैं जब हम शरीर में घटित किसी रासायनिक प्रक्रिया, उत्तेजना या सान्द्रता के चलते अपनी टेबल पर आ बैठते हैं, राह चलते सिगरेट के ख़ाली पैकेट को उठाकर उस पर चुपचाप कुछ लिख लेते हैं अथवा पहली फ़ुरसत में विस्तार दे सकने के लिए एक वाक्यांश को लगभग कंठस्थ कर लेते हैं! जबकि चीज़ें अकसर अवाक् कर देनेवाले ढंग से आपके पास आती हैं। उनके प्रेरणास्रोत इतने विविध, अप्रत्याशित और अज्ञात हैं कि उन्हें किन्हीं निश्चित बिन्दुओं में ढालना उनकी अवमानना करना है, उनके साथ धोखा करना है।

यह सच है कि वे क्षण अपने आपमें इतने मायावी हैं कि सुख के अनुभव से गुज़रते हुए, उद्दीप्त होकर गहरे दुख की कहानी लिखी हो जाती है और एक ऐतिहासिक इमारत, जैसे लाल क़िला देखने के बाद 'सिम्फ़नी' पर कविता लिखी जा सकती है। दरअसल, सारे पदार्थ, सारे अनुभव इस क़दर एक-दूसरे के नज़दीक हैं कि उनमें कोई न कोई बारीक़ रिश्ता निकल ही आता है जबकि सतह पर उनमें साम्यता नज़र नहीं भी आ सकती। किस चीज़ से, कौन-सी दूसरी चीज़ या कौन-सा प्रसंग कौंध सकता है, यह कभी नहीं कहा जा

सकता। बल्कि अलग-अलग समय और मानसिक अवस्था में एक तरह की वस्तु और उसके अनुभव अलग-अलग तरह से आपको प्रभावित करते हैं, नई और अनजानी जगहों पर ले जाते हैं।

लेकिन उन लम्बे अन्तराल खंडों को, जो एक महीने से लेकर बीस साल तक के हो सकते हैं, क्या रचना-प्रक्रिया के दायरे से बाहर किया जा सकता है? जो निष्क्रियता, चुप्पी, आलस्य है और अब कभी न लिख पाने के भाव का असमर्थताबोध है, वह भी तो अन्ततः रचना-प्रकिया का हिस्सा है। सम्भवतः इसलिए ही प्रकारान्तर से बार-बार कहा गया है कि दुनिया की सबसे रहस्मयी कोई चीज़ है तो वह रचना-प्रक्रिया ही है। तमाम आविष्कारों और संज्ञान के बावजूद वह अज्ञेय है, अकथनीय है। अभेद्य है। कुछ हद तक वह आवेगपूर्ण अदृश्य तानाशाह है। वह अलौकिक नहीं है लेकिन रहस्य है।

2

याद कीजिए बचपन में आपने एक चट्टान देखी, हिनहिनाते हुए एक ऊँचे-पूरे घोड़े ने आपका मन मोह लिया, खेत पर सिर्फ़ प्याज़ के साथ रोटी खाते हुए घर के हलवाहे को देखा, अशक्त दादी को पेशाब करते समय देखा कि उसका गर्भाशय नीचे लटक आया है, और उस समय ठीक-ठीक इसे समझा नहीं जा सका, मरे हुए बैल को घसीटा जाना, उसका चमड़ा उतरते देखना, छप्पर से आती चाँदनी और माघ महीने की सुबह सात बजे की नदी के पानी की उष्णता। तब हम भाषा का लिखित रूप भी प्रायः नहीं जानते थे।

बचपन में देखे ऐसे असंख्य दृश्यों-अनुभवों से गुज़रते हुए क्या पता था कि ये कभी रचना-प्रक्रिया, रचना-अनुभव, जीवन को समझने के लिए सूत्र, जिज्ञासा के कारक और आनन्द एवं बेचैनी की अनुभूतियों का हिस्सा हो जाएँगे। एक दिन काग़ज़ पर उतरने को बेताब रहेंगे और अधिकांश रचना का रूप ले ही न सकेंगे अथवा काग़ज़ पर आकर हास्यास्पद, कुरूप और ठस हो जाएँगे। या नई दीप्ति, उत्तेजना, आक्रोश और पीड़ा से भर उठेंगे। फिर जीवन भर जो देखा-सुना-पढ़ा-लिखा और अनुभव किया जाएगा, वह पीछा करता ही रहेगा। वह असीम रेगिस्तान में जुड़ता जाएगा जिसमें चलना और चमक के पीछे भागना नियति होगी।

3

मैं आज जब एक झरने के सामने अभिभूत खड़ा हूँ, उसे एकटक देख रहा हूँ, आँखें, मन और जीवन के वे क्षण पूरी आयु से अलग होकर वहाँ ठिठके रह गए हैं तब कविता लिखते समय, जानता हूँ कि उसमें पिछले समय में देखे गए तमाम झरने, उनकी कौंध, सम्पन्नता, एकाकीपन और विशालता भी जुड़ गई। एक अनुभव कभी अकेला नहीं होता। साथ ही स्मृतियाँ, बोध, कल्पना, वैचारिकता और समानान्तर रचनाशीलताएँ एक साथ हस्तक्षेप करती हैं। आप एक 'ट्रांस' में होते हैं। किसी जादू के प्रभाव में। अथवा यह ख़ुद एक जादू है लेकिन जादूगर को नहीं पता कि यह कैसे होता है क्योंकि यह सिर्फ़ हाथ की सफ़ाई, अभ्यास या आँखों में धूल झोंकना नहीं है। यह कुछ हद तक शिकार होने जैसा है। आपको पता तब चलता है जब आपकी गर्दन पंजों में आ चुकी है या आप किसी के जबड़े में हैं। कई बार आपको पीछा करके, दौड़ा-दौड़ाकर, थकाकर भी क़ब्ज़े में ले लिया जाता है। और कई बार आप ख़ुद ही समर्पण कर देते हैं जैसे बचना ही नहीं चाहते।

4

वह एक भौतिक अनुभव भी है और एक आध्यात्मिक अनुभव भी जिसके ज़रिए आप अन्ततः भौतिकता से ही निबटना चाहते हैं। या कहें कि ठीक उसका उलटा। कुल मिलाकर आप रचना कर रहे हैं जिसमें 'शायद' को आप 'निश्चित' करना चाहते हैं और 'निश्चित' को कुछ 'परिकल्पना' देना चाहते हैं क्योंकि इसके बिना कुछ सम्भव नहीं हो पा रहा है। इस तरह आप रचना-प्रक्रिया के बारे में एक अमूर्त कहानी या कविता ही कह सकते हैं जो कब और कितनी असंगत हो जाएगी, यह कह पाना मुश्किल है। उसकी व्याख्या करना उसे आग में जलाना है।

फ़िलहाल अपनी किशोरावस्था की एक घटना याद करूँ। गरमियों की दुपहर थी। मैं अपने एक सहपाठी के घर गया। उसने मुझे देखा और एक अप्रत्याशित उल्लास के साथ घर के भीतर भागता हुआ गया। वापस आया

तो उसके हाथ में नोटबुक थी। मेरा हाथ पकड़कर खींचता हुआ वह मुझे घर के पिछवाड़े ले गया। एक पेड़ के पास एक तरफ़ टूटी-सी दीवार की ओट में गया। फुसफुसाकर कहा—इधर आओ! मेरी उत्सुकता चरम पर थी। वह उस नोटबुक के ऊपर झुक गया। नोटबुक को हम दोनों ने ढाँप लिया। तब उसने नोटबुक को लगभग बीच में से खोला। पन्नों के बीच में पीपल का एक पत्ता दबा हुआ था। उस पत्ते की नसें दिख रही थीं, एक जाली की तरह वह दिखता था और सूख गया था। उसने बताया कि वह पाँच साल पुराना है। पाँच बरस पहले उसने पत्ते को पानी में भिगोया था और कई दिनों तक इसी तरह किताबों-कॉपियों में रखा। पत्ता सुन्दर था, मैंने उसे हाथ में लेकर भी देखा। मुझे पत्ते के पुरानेपन पर सन्देह हुआ लेकिन मैंने मान लिया।

वह उत्सुकता, वातावरण, उसका भागते हुए जाना, कोने में मुझे ले जाना, नोटबुक में रखे पत्ते को दिखाए जाने और विवरण देने का उल्लास, पत्ते की जाली, उसका सौन्दर्य और खुरदरा स्पर्श, दोस्त की अतिशयोक्ति, अपने काम को गरिमा देना, मेरा सन्देह में पड़कर पत्ते की संरक्षित आयु मन ही मन कम करना लेकिन उस पत्ते पर मुग्ध हो जाना फिर इस सबका स्मृति में संरक्षित होना, गाहे-बगाहे गरमियों की दोपहर में कसक के साथ उस पत्ते का याद आना। यह घटना कविता की तरह कौंधती है। लेकिन इसे मैं कविता की तरह कभी नहीं लिख पाऊँगा। यह असमर्थता है या फिर यह रचना-प्रक्रिया का अपनी गुम्फित शर्तों का ही वज़न! हो सकता है, कल ही इस पर कविता लिख सकूँ। यह हैरानी ही है जो रचना-प्रक्रिया को ज़्यादा ताक़त से कह सकती है।

5

लेकिन इतना सब कहना एकदम अपर्याप्त है। यह किसी लेखक की ओर से उसकी रचना-प्रक्रिया, जो अन्ततः झूठ, कल्पना, उत्साह के सहारे इस कोरी उम्मीद में वर्णन है कि इससे कुछ ज़ाहिर हो सकेगा, का 0.001 प्रतिशत भी नहीं है। जबकि हर रचनाकार के पास एक अलग ही रहस्यलोक है, अलग ही अँधेरा, उजास और कहानी है।

एक शैवाल, एक मछली, एक सीप

किसी लेखक से रचना–प्रक्रिया सम्बन्धी 'निर्दिष्ट प्रश्न' पूछना, जहाँ इस अर्थ में महत्त्वपूर्ण हो सकता है कि इससे दबे–छिपे, कोनों–किनारों में बैठे ऐसे भेद और प्रसंग सामने आ सकते हैं जो न केवल जिज्ञासुओं, पाठकों को रुचिकर हो सकते हैं बल्कि स्वयं लेखक के लिए भी विस्मय और उत्खनन का सुख दे सकते हैं। कि हम सब अपनी–अपनी रचनात्मक यात्रा के व्यक्तिगत लेकिन सर्जनात्मक पलों पर न केवल विचार करने, उन पर बहुआयामी दृष्टि डालने के लिए प्रेरित और बाध्य होते हैं बल्कि उन्हें 'शेयर' करने की एक सार्वजनिक भूमिका पर भी जाते हैं, जिसके कुछ व्यापक अर्थ सम्भव हैं ही।

लेकिन क्षमायाचना के साथ, यह दूसरे अर्थ में बेहूदी और यांत्रिक क़वायद भी है। इससे हमें कुछ पा लेने का धोखा होता है और यदि कुछ पाया भी जाता है तो वह अकसर किसी काम का नहीं होता। यह वैसा ही हो सकता है कि एक ख़ास तरह की रबर की स्ट्रिप आपको सड़क पर मिल जाए जो एक ऐसे यंत्र में लगती है जो दरअसल आपके पास है ही नहीं। और यह इतना विपथगामी भी हो सकता है कि एक आदमी ऐसे ही किसी बोल्ट को हाथ में लेकर, अपने भीतर के नट को ठीक करना चाहे ताकि उसकी चूड़ियाँ ठीक तरह से चढ़ जाएँ।

यह भी होता ही है कि लेखक अपने अवचेतन में उतरते हुए, जवाब देते समय उन्हीं गलियों में जा पाता है जहाँ उसके चेतन मन का वश चलता है या उसे उस समय–विशेष में सुविधाजनक जान पड़ता है। यहाँ हम उन लटके–झटके भरी बातों का ज़िक्र ही छोड़ दें जिनके ज़रिए वह उन स्थूल वर्णनों में जाता है जिसका वास्तविक 'रचना–प्रक्रिया' से कोई सीधा सम्बन्ध नहीं है, जैसे—लिखते समय लगातार कॉफी या कोल्ड–ड्रिंक पीना, देर रात या अलस्सबाह लिखना, कहीं दूरस्थ इलाक़े में जाकर लेखन कार्य पूर्ण करना आदि। फिर वह उन जगहों, अनुभवों, स्मृतियों की पड़ताल भी सायास ढंग से करता है, भले ही उसमें ख़ास तरह की रूमानियत, उदासी, बौद्धिकता या कलात्मकता का छींटा क्यों न दिखे। वह दरअसल उन चीज़ों, घटनाओं, प्रक्रियाओं को नाम देना चाहता है जिनके नाम अभी तय किए जाने हैं। वह कितनी ही ऐसी चीज़ों की, ऐसे अनुभवों की व्याख्या करता है जो भाषा से परे हैं या फिर भाषा में आकर नष्ट होने लगते हैं।

कविता की लोकप्रियता

1

अरसे से जो कह रहे हैं, ख़ासकर कविता के बारे में, कि इतना सरल लिखो कि जनता को समझ में आता चला जाए। उन्हें मुक्तिबोध के विचार 'जनता का साहित्य' के बारे में पढ़ना चाहिए। इसके बरअक्स पूछा जा सकता है कि हिन्दी में ही शमशेर बहादुर सिंह जैसे कवियों का क्या किया जाए? और अज्ञेय से लेकर विनोद कुमार शुक्ल? निराला की 'राम की शक्ति पूजा' एवं मुक्तिबोध की 'अँधेरे में' कविताओं को किस हद तक जनता को समझ में आ सकनेवाला साहित्य माना जाए? इस समय देश में हिन्दी बोलने-समझने-पढ़नेवालों की संख्या लगभग 50 करोड़ है। कौन-सा समकालीन कवि ऐसा है जिसके संग्रह की पचास लाख प्रतियाँ जनता के बीच पहुँची हैं और किसी गणना के अनुसार पहुँच गई हों तो यह एक प्रतिशत (जी हाँ, सिर्फ़ 1%) जनता के पास पहुँचना हुआ। कोई काव्य-पंक्ति पाँच करोड़ तक पहुँचकर भी महज़ दस प्रतिशत जनता को ही छू पाएगी। तो क्या इसका यह अर्थ मान लिया जाए कि समकालीन कविता का कोई कवि जनता के लिए नहीं है अथवा जनता की समझ से बाहर है?

2

इस बहस में यह बहुत भोली आशा संलग्न है कि साहित्य तथाकथित रूप से सरल लिख देने से जनता के बीच प्रचारित होगा। ज़रा भी ध्यान से देखें तो पता लग जाएगा कि जनता के बीच जो बहुप्रचारित होता दिखता है, वह कविता के प्रति गहरी उत्सुकता या प्रेम के कारण नहीं, तात्कालिक आन्दोलनधर्मिता और धार्मिकता भी उसके प्रमुख कारण बन जाते हैं। एक कारण, पाठ्य-पुस्तकों में शामिल होना भी होता है।

सामान्यजन के बीच किया जानेवाला यह सर्वे आँख खोल सकता है कि किसी चर्चित समकालीन कहानी या कविता को अधिकांश लोगों ने सबसे पहले कब और कहाँ पढ़ा? कोर्स की किताब, एक सामान्यतः दिया जानेवाला उत्तर है। यह पक्ष भी सामने आएगा कि अधिकांश विद्यार्थी स्कूली

पाठ्यपुस्तकों में भी कविता को बोझ मानकर पढ़ते रहे हैं। और हिन्दी में स्नातकोत्तर कितने ही व्यक्ति मिल जाएँगे जिनकी कविता में रुचि नहीं है और समझ एकदम नासमझों भरी। यह पूछना अप्रासंगिक न होगा कि रामचरितमानस को हिन्दी के विद्यार्थियों या साहित्यकारों के अलावा किसने 'साहित्य' की तरह देखा-पढ़ा और उनमें कितने प्रतिशत ग़ैर-हिन्दू हैं? कितने लोगों ने उसे सबसे पहले महज़ रामलीला के कारण अथवा मानस-मर्मज्ञों के, उपदेशकों के ज़रिए जाना? ज़ाहिर है, साहित्य की पुस्तक की तरह पढ़नेवाले लोगों की संख्या सीमित है। धार्मिकता अच्छे साहित्य के प्रचार में एक बड़ा सहायक कारण हो जाती है लेकिन इसका अर्थ कदापि यह नहीं है कि जो सामान्यजन के बीच प्रचारित नहीं हो पाया, वह साहित्य बेहतर नहीं है। तुलसी, कबीर, ग़ालिब, निराला से लेकर समकालीन कविता में अनेक ऐसी कविताएँ हैं जो श्रेष्ठ हैं लेकिन उतनी लोकप्रिय नहीं।

3

समकालीन कविता का बहुत बड़ा प्रतिशत ऐसा है जिसे भाषा के स्तर पर 'सरल और सम्प्रेषणीय' के अन्तर्गत रखा जा सकता है। लेकिन ज़ोर देकर कहा जाना चाहिए कि साहित्य की श्रेष्ठता 'सरलता' के आधार पर हो नहीं सकती। यह चुनाव में खड़ा होना भी नहीं है कि जिसे सबसे ज़्यादा मत मिले, वही जीत गया। मुमकिन है कि जिसकी मतपेटी में दो-चार मत हों, वही जीत गया हो। साहित्य बहुत सारी छलनियों और सरणियों से होकर धीमी गति से समाज में जाता है। इसका फ़ैसला तुरन्त नहीं किया जा सकता। साहित्य में बहुत-कुछ महज़ समकालीन, तात्कालिक और मरणशील भी होता है। इसी की खाद पर कालजयी जन्म लेता है।

4

अच्छी कविता के पाठक समाज में कभी बहुत ज़्यादा नहीं रहे। उनकी संख्या घट-बढ़ सकती है लेकिन वह सामान्य रुचि का विषय न थी, न ही अब है। वह एक साथ संवेदनशील, बौद्धिक, कलात्मक, सहृदय और दीवाने मनुष्यों के

लिए ही मूल्यवान रहती आई है, उन्हीं के बीच संरक्षित रही है। जो अन्य कारणों से कविता को याद करते हैं, मसलन—धार्मिक, नैतिक या आन्दोलनजन्य, वे 'कविता के पाठक या प्रेमी' नहीं हैं। वे उपदेश, सुभाषित और कविता में फ़र्क़ नहीं कर पानेवाले विशाल भोले समुदाय के आदरणीय हिस्से भर हैं। वे तो मौसम की भविष्यवाणियाँ, स्वास्थ्य सम्बन्धी सूक्तियाँ भी तुकों में याद रखने की परम्परा से आए हैं और फ़िल्मी गानों को पूरा रट लेते हैं। उनकी अपनी एक भूमिका है किन्तु उस भूमिका की सीमा है। उसे पैमाना नहीं बनाया जा सकता अन्यथा श्रेष्ठतम उपलब्ध कविताओं को ख़ारिज करना पड़ जाएगा।

लिखने का अर्थ

1

कभी-कभी मेरे मन में भी यह सवाल उठता है कि मैं कविता क्यों लिखता हूँ। इस सवाल का कोई चमकदार, सर्वस्वीकार्य और तार्किक उत्तर मेरे पास कभी नहीं होता। सिवाय इसके कि संसार में यदि एक चींटी के होने का कोई अर्थ है, मधुमक्खी होने या एक कमज़ोर आदमी के बने रहने की कोई अर्थवत्ता, और संघर्ष है तो वही अर्थ मेरे कवि होने का भी है। मेरा जैसा भी, जो भी अस्तित्व है, उसके साथ मेरे कुछ लिखते जाने का मायना है।

इसी से जुड़ी बात यह है कि मैं अपने होने को अनुभव करता हूँ और मुझे आसपास के जीवन से, घटनाओं से, दृश्यों से सम्बन्ध महसूस होता है। लगता है कि मैं इस समुच्चय में ही रहकर जीवित हूँ। शायद यही अहसास है जो कविता लिखने का, मेरे पास अपना एक सच्चा कारण है। इस संसार में मैं जितनी भी जगह घेरता हूँ, मेरी आवाज़ जितनी हवा को कम्पित करती है और भाषा में जितनी भी जगह मैं ले पाता हूँ, मैं इस न्यूनतम के प्रति विश्वास करता हूँ और जानता हूँ कि कोई किसी का स्थानापन्न नहीं होता। इसलिए जो भी, जैसा भी काम मैं अपनी जगह कर पा रहा हूँ, वह कमतर हो सकता है, अपर्याप्त हो सकता है लेकिन वह मेरे हिस्से का काम है। मैं जानता हूँ मुझे अपने हिस्से का कण ढोना है, अपने हिस्से का शहद बनाना

है। फिर यह सहज आदत और लत की तरह होता जाता है। ज़िद की तरह भी। और फिर असहायताबोध से मुक्त होने की तरह भी कि शायद मैं यही कुछ कर सकता हूँ।

2

साहित्य की दुनिया में जाते हुए समुद्र की दुनिया के भीतर जाने का अहसास होता है। समुद्र जो ऊपरी सतह पर शान्त, चमकीला, उफनता, पछाड़ खाता, विस्तृत है। अपार और अन्तहीन। यह समुद्र की सतह पर देखना हुआ। लेकिन जब आप समुद्र के भीतर जा पाते हैं, टोह लेते हैं तब देखते हैं पादपों और जन्तुओं की कितनी बड़ी दुनिया! कितने रंग! कितने जीवन! और भीतर जाइए। मालूम होगा कि यह अथाह है। अपार से भी कुछ अधिक। सारी गोताख़ोरी, सारी तैराकी बिना काम की। आप लगातार चमत्कृत होते रहिए और जान लीजिए कि आपका जीवन किस क़दर अपर्याप्त है। यही साहित्य है। समुद्र। हर क़दम पर, हर दिशा में एक नई बात! एक नई दुनिया! दुनिया के भीतर हज़ारों संसार! आप उस संसार को जानते भी हैं और नहीं भी जानते हैं। सब कुछ विलक्षण। आपकी अब तक देखी-जानी चीज़ें तो और भी विलक्षण। लेकिन अब आपकी पहचान उनसे कुछ बेहतर ढंग से सम्भव होती है।

अब आप भी समुद्र के भीतर की दुनिया का एक छोटा-सा, रचनात्मक, सक्रिय हिस्सा हो सकते हैं। एक शैवाल, एक मछली, एक सीप।

3

एक दिन अचानक एक आदमी मिलता है। कहता है, आपकी पंक्तियाँ पढ़कर मैंने अपने बचपन को याद किया। या यह कि सचमुच हमारे समय की सबसे बड़ी मुश्किल है कि आबादियों के बीच जाने-मिलने का रास्ता नहीं है और यह कि इस तंत्र में बीमार हो जाने का अर्थ जीवित रहते हुए उजड़ जाना ही है। या मुझे लगा कि अब आगे अकेला नहीं रहना चाहिए और मैंने अपने जीवन में एक मनुष्य को आने दिया। कि मुझे ताक़त मिली कि कहीं कोई है

जो मेरी तरह ही सोच रहा है। या मैंने अपनी माँ से बातचीत करने के लिए समय निकाला। कि एक दिन मैं अपने प्रिय पेड़ के पास गया और उसके तने से टिककर, बस बैठा रहा। कि एक दिन मैंने उधर भी देखा, जिधर निगाह नहीं जाती थी और मैंने विश्वास किया कि मुझे अपनी छेनी चलाते रहना होगा, आकृति बनेगी। और तब आपको कभी-कभी लग सकता है कि आपका लिखना उतना व्यर्थ भी नहीं है, जितना अकसर अपने एकान्त में लगता रहा है। अब आप फिर उस काम में जुट सकते हैं जो रोज़ ही आप में प्रसन्नता, व्यग्रता, व्यर्थताबोध एक साथ जगाता है।

यहीं से गुज़रते हुए पता लगता है कि मनुष्य की यातना का अन्त कहीं नहीं है। न सुदूर अतीत में और न ही वर्तमान से लेकर फैले अनन्त भविष्य में। कमज़ोर और विपन्न की मुश्किलें तो अकूत हैं। लेकिन साहित्य यह भी बताता है कि कमज़ोर की चीख़ हस्तक्षेप करती है। अन्याय और यातना के बारे में जानना, उसके प्रतिरोध के लिए तैयार होना भी है। शब्द की सत्ता मनुष्य की मदद उसी तरह कर सकती है जैसे कि एक जीवित और सक्रिय सत्ता। यह भरोसा, यह आशा आपको फिर से तैयार कर देती है।

(1998, 2002)

पीछे छूटा हुआ आदमी

जब मैं तारों से बात कर रहा था और इस लौकिक दुनिया को पूरी चेतना के साथ अपनी अलौकिकता में देख पा रहा था। जब मैं एक पेड़ पर मुग्ध था कि वह किस तरह साँस रोककर मुझे देख रहा है। जब मैं एक चट्टान पर चढ़ गया था और एक झरने के स्रोत को न पाकर दुखी था लेकिन चट्टान को देखकर ख़ुश था। जब मैं एक पुराने मिट्टी के बर्तन के अँधेरे में बैठा हुआ अपनी धातु को खनखना रहा था। जब मैं क्रोध में था और कई ऐसी बातें कह रहा था जो ग़ुस्से में कही जाना चाहिए थीं हालाँकि जिनका तत्काल बहुत औचित्य न था। जब मैं अपने शब्दों को सहेजने में जुटा था क्योंकि जीवन की दूसरी चीज़ें सहेजी नहीं जा पा रही थीं और इसमें असफल भी हो रहा था। लेकिन जुटा हुआ था। जब मैं जुलूस से लौटकर उन दृश्यों, उन शब्दों के बारे में सोच रहा था जिनके बिना आगे का काम पूरा नहीं हो सकता था। जब मैं एक तसवीर को देखकर रुलाई नहीं रोक पा रहा था। जब कपास के एक फूल ने मुझे ग़ुलाम बना लिया था। जब मैं अपने अनुभव को भाषा के सहारे भाषा की जकड़न से मुक्त कर रहा था और यों ही हवा में हाथ-पैर चला रहा था। जब मैं लोगों से बहस कर रहा था यह जानते हुए भी कि इससे तुरन्त कुछ भी नहीं होनेवाला है और जब एक स्त्री मेरे दुख के सिरहाने बैठी थी कि वह भी किसी दुख से निकलकर आई थी। इन तमाम दृश्यों और स्थितियों में मेरे पास सिर्फ़ कविता थी।

अब यह कौन है जिसकी निगाहों से ये सब चीज़ें ओझल होती जाती हैं ? जो चीज़ों को एक वणिक की तरह ही देख पाता है ? कौन है जो आँखों पर

पट्टी बाँधे न्यायाधीश हो गया है ? यह कौन है जो बीस मील दूर पीछे छूट गया है और चीख़ रहा है कि देखो यहाँ यह कितना सुन्दर फूल है जबकि कवि आगे जाकर फूलों की नई घाटी के सामने खड़ा है। कौन है यह, जो किनारे पर बैठा गहराई नाप रहा है ? और यह कौन है जो तलवार लेकर कला के मैदान में आ गया है ? और उधर वह कौन है जो सर्वज्ञ है लेकिन एक कविता के आगे औंधे मुँह गिर पड़ा है।

फिर भी हँस रहा है।

एक कविता को गर्भ में तीन साल तक धारण करने के बाद, लिखने में कवि ने तीन महीने लगाए लेकिन अदालत की समझ है कि कवि ने इसे तीन मिनट में लिखा। कवि ने कविता के ग्यारह ड्राफ्ट बनाए और देखिए लोकपाल कहते हैं कि कवि ने इसे लिखकर इसकी तरफ़ फिर देखा ही नहीं। कवि ने रात ढाई बजे कविता लिखी और रात भर सो नहीं सका लेकिन आपका फ़तवा है कि वह मज़े कर रहा है। आप कौन हैं जो कवि के एकान्त को कवि से ज़्यादा जानते हैं, कौन हैं आप जो कवि से तमाम तरह की दूरियों के बावजूद उसकी दिनचर्या के बारे में ऐसी बातें बताते हैं जो इस हद तक झूठी हैं और मज़ाक़िया कि ख़ुद कवि के लिए वे नई सूचनाएँ हैं ? आप कैसे आदमी हैं जो कविता को प्यार नहीं करते और कविता के बारे में, कवि के बारे में फ़ैसले सुनाते चले जाते हैं ? आप जो कवि की पोशाक देखते हैं और हृदय की तरफ़ निगाह भी नहीं डालते ? आप जो कविता की पंक्तियाँ गिनते हैं और अन्तराल की जगहों को लाँघते हुए चले जाते हैं ?

आपके अनुभव में जो कुछ नहीं है, उसे आप किस तरह देखते हैं ? आप जो कविता के साथ यात्रा नहीं करते और थककर दूरियों को दोष देते हैं ? आप जो एक कवि को समीक्षा के तार पर उसकी तीन कविताओं की क्लिप बनाकर, एक धोए गए कपड़े की तरह सूखने डाल देते हैं ? आप जो किसी की भी चम्पी कर देते हैं और भाई साहब आप भी, जो जूतों पर अनावश्यक ज़्यादा पॉलिश लगा रहे हैं ? और आप, जो कविताओं पर दीपावली या होली की तरह निबन्ध लिख रहे हैं : दीपावली से लाभ, दीपावली से हानियाँ! आप आख़िर क्या हैं—धोबी, नाई, चर्मकार या रटकर परीक्षा देनेवाले विद्यार्थी ? (आप ऐसे कैसे नाई हैं जिसे बाल मिलाना नहीं आता और ऐसे कैसे धोबी, जो कपड़े धोते समय कपड़े कम साफ़ करता है और बटनें ज़्यादा तोड़ता है या इस्तरी करते

समय कपड़ा ही जला देता है।) आपका उद्देश्य आख़िर क्या है? कविता बाँचना तो क़तई नहीं! कविता के साथ रहना तो दूर की बात है!

ध्यान से देखिए, वह एक पीछे छूटा हुआ, खाया-पीया मदमस्त आदमी है जो निहत्था है। उसके पास कोई औज़ार या हथियार नहीं है लेकिन मौक़ा पाते ही वह पास की झाड़ी से एक संटी तोड़ लेता है। संटी से वह शाबाशी दे रहा है और उसी से पिटाई भी कर रहा है। शाबाशी भी इस तरह देता है कि कइयों की पीठ पर तो शाबाशी के ही नीले निशान हैं। और कोई औज़ार उसके पास नहीं है, बस कृपावन्त या कुपित हस्त है। इसी वजह से वह कविता के साथ यात्रा करते हुए वहाँ नहीं जाता जहाँ कविता जा रही है। अकसर ही वह आततायी की तरह व्यवहार करते हुए रचना को किसी निर्दिष्ट अकेले कोने में ले जाना चाहता है ताकि उससे कुछ बलात् क्रिया की जा सके।

बेहतर है कि जो आदमी पीछे छूट गया है और तुम्हें उन दृश्यों से, जो अब तुम्हारी रचनाशीलता के लिए बीते हुए, बासी दृश्य हैं, मोहित करना चाहता है, तो उस पर करुण निगाह डालकर आगे चलो।

(2004)

कटु बीज तिक्त

लेखक की सबसे बड़ी और प्राय: नज़र न आनेवाली मुश्किल यहाँ से शुरू होती है कि उसे घर में लेखक उतने ही समय के लिए माना जा सकता है जब वह लिखने का प्रत्यक्ष कार्य कर रहा हो अथवा उसकी रचना छपकर आए। रचना छपने के दिन उसे कुछ हद तक लेखक होने का सम्मान और थोड़ा-बहुत दैनिक लाभ हासिल हो सकता है। कभी कोई पुरस्कार मिल गया अथवा अन्य रूप में लेखक को रेखांकित किया गया हो तो यह स्वीकारोक्ति उसे कुछ दिनों के लिए छोटी-मोटी गुंजाइशें और प्रदान कर देती है, यथा उसे जानने-पहचाननेवालों का घेरा बड़ा हो जाता है एवं कुछ घरेलू प्रसन्नता। लेकिन धीरे-धीरे यहाँ भी मुश्किलें बढ़ती चली जाती हैं और जब वह लिख-पढ़ रहा होता है तब भी उसके काम में बाधा पहुँचाना उचित मान लिया जाता है। अब आप रोज़-रोज़ ही लिखने बैठ जाएँगे तो घर-गृहस्थी का कैसे काम चलेगा!

अनेक बार ऐसा होता है कि अवकाश लेकर या रविवार के दिन आप लिखने बैठते हैं या कुछ सन्दर्भ खोज रहे होते हैं कि हर पन्द्रह मिनट में एक पुकार लगना शुरू होती है : 'गेहूँ पिसवाकर लाना है, टमाटर ख़त्म हो गए, चाय पीना हो तो बोलो—मैं बनाने जा रही हूँ, नाश्ता वहीं लाऊँ या नहाकर खाओगे, अब नहा लो, दोपहर में मुझे नुक्कड़ तक ले चलना, आज दाढ़ी नहीं बनाओगे, क्या एक भी यूनीएंज़ाइम नहीं बची, नायक साहब के यहाँ शादी में क्या देना है, लो, अब बेटे की नई फ़रमाइश सुनो, इस बार बिजली का बिल कितना ज़्यादा आया है, गरमी भी सुबह से ही पड़ने लगती है, बाहर निकल आओ—बाई झाड़ू लगा देगी, ड्राइंग रूम में तौलिया रखने की क्या ज़रूरत है,

तुम्हारा पर्स कहाँ है, दस रुपए चाहिए और सुनो, अब नहा लो! दरअसल यह एक लम्बा गीत होता है जो बार-बार इस केन्द्रीय भाव और मुखड़े पर लौट आता है—'अब नहा लो! या अब खाना खा लो!!' मैं टेलीफ़ोन की या अप्रत्याशित ऐसे अतिथि, जिसके पास असीम समय और धीरज है, की बात इसमें नहीं जोड़ रहा हूँ। न ही घर की उन स्थितियों की जो आपके काम के वक़्त दो घंटे भी शान्त नहीं रह सकतीं, जो अन्यथा आपके न लिखने के समय चुपचाप रहती हैं।

जैसा कि आप समझ रहे होंगे कि जितनी देर वास्तव में लिख रहे हों, उतनी देर तक फिर कुछ ग़नीमत समझिए। लेकिन आपके 'सोचने-विचारने या लेखकीय मुद्राओं' की हरकतें किसी गणना में आ ही नहीं सकतीं। आप दीवार की तरफ़ देख रहे हैं या रात में टिमटिमाते तारों को; आप अचानक अपने आपमें खो गए हैं या कुछ बेचैन हैं; आप यों ही टहल रहे हैं, पौधों को देख रहे हैं या संगीत सुन रहे हैं; आप अँधेरे में चुपचाप बैठे हैं, आँखें बन्द किए लेटे हैं या बाहर धूप सेंक रहे हैं—इस सब बातों से लेखक होने का भला क्या सम्बन्ध? लेखक के आलस्य और विचारमग्नता की परवाह, अन्दाज़ा और उसकी पहचान जिस घर में होती हो तो उस घर को 'लेखक का स्वर्ग' मानने में कोई हर्ज़ नहीं। लेकिन वह लेखक ही क्या जिसे नरक नसीब न हो! ऐसे में आपने दिन भर की छुट्टी ली हो और दुर्भाग्यवश यों ही सोचने-मगन होने में ही बदनसीब दिन गुज़र गया हो तो उसका अफ़सोस जितना आपके अपने भीतर हो रहा होगा, बाहर भी उसका मातम कुछ कम न होगा, जिसका संचारी भाव होगा कि—'यों ही पड़े रहने से तो अच्छा था दफ़्तर ही चले जाते! अब कहीं आने-जाने का कहेंगे तो कहोगे कि छुट्टी नहीं है।' संक्षेप में यह कि पति, पिता, बेटा या परिवार के मुखिया के तौर पर ही आपकी उपस्थिति घर में रेखांकित होती है। (यदि महिला हैं तो पत्नी, माँ या बहू-बेटी के रूप में ही आपका बेहतर सम्मान और जगह होगी।) औसतन घरों में, लेखक के रूप में उसे कोई टिकाऊ छूट, अनुकम्पा, सुविधा, सम्मान या नीरवता हासिल नहीं होती। यदि आप आक्रामक इनसान हैं तो आपका दबदबा कुछ हद तक आपकी मदद करेगा लेकिन वह कोई स्वस्थ लक्षण तो नहीं ही है। मैं इस प्रसंग में उन दृश्यों को नहीं जोड़ रहा हूँ जो शाम को तरल या सुहाना करने या लेखक-मित्रों के घर आने से यकायक बन जाते हैं। बाज़ार या साहित्य-संगीत

की सभा में जाने की प्राथमिकता से जो झंझट पैदा होते हैं, उन्हें भी एक तरफ़ रख दें क्योंकि इनमें किसी भी पक्ष का आग्रह चीज़ों को स्थायी-अस्थायी कलह में बदल देता है।

इस तरह लेखक को अपने घर में कोई जगह या आश्वस्ति हासिल होना कठिन से कठिनतर होता जाता है। वह रोज़ एक वातावरण बनाता है और उसे अगले पल ही नष्ट होते देखता है। रचना-प्रक्रिया के उसके क़ीमती क्षणों को घर का हर आदमी ठोकर पर रखने को तैयार है। एक नाज़ुक पल को कई बार वे परमाणु-बम से उड़ा देते हैं और कई बार हृदयविदारक विलाप से। उसे एक बार या हज़ार बार लग सकता है कि लेखक के रूप में उसकी मुश्किल को घर में कोई भी समझने को तैयार नहीं है। उसके हर तर्क और दुविधा के उत्तर में उसके सामने ठोस कठिनाइयाँ या ज़रूरतें पेश हैं। ठीक है, आप लेखक हैं लेकिन घर कैसे चलेगा? बल्कि आपके लेखक होने से उधर कितनी कठिनाई है, इसका विचार कौन करेगा?

(2006)

असम्बद्ध

आख़िर उस जाल में से बाहर आना कितना कठिन है जिसे हमने ही अपने आसपास बुना है या उसे लगातार प्रतिष्ठा दी है, अलंघ्य बना दिया है। लगता है, हमने अपने वे नुकीले दाँत तोड़ दिए हैं जो उसे कुतरते रह सकते थे। इसलिए अब एक विचार, एक स्वप्न, एक आशा, एक हार्दिकता या आत्मीय अराजकता भी देखते-देखते किसी अपराधबोध में बदल जाती है। एक सर्जनात्मक आदमी, स्वप्नशील व्यक्ति ज्वालामुखियों के क़रीब घर बनाना चाहता है लेकिन व्यावहारिक बुद्धि का प्रवेश होते ही वह पुलिया के नीचे बम्बे में या किसी घोंसले में रहना कहीं अधिक अक़्लमन्दी का काम समझता है।

हमारी मन:स्थिति के अनुसार, हम किसी भी चीज़ की व्याख्या अवसर अनुकूल कर ही सकते हैं। सम्बन्धों की सुरक्षित और दुनियावी व्याख्या तो और भी अधिक आसान है। हमारे पास कितने अधिक तर्क हैं, कितने बहाने, कितनी शरणस्थलियाँ और अभिमानी युक्तियाँ! कितने-कितने उपाय! एक सम्बन्ध और उससे उपज सकनेवाले 'बेधक लेकिन सच्चे सम्बोधन' को हम कितने ही औपचारिक सम्बोधनों से अचानक प्रतिस्थापित कर सकते हैं!! जैसे इसी में हमारा सारा कौशल, चतुराई और समझदारी छिपी हुई है। किसी भी दीवार को गिराने के लिए उसकी सबसे नीचे की ईंट हटाना काफ़ी है।

लेकिन क्या अपने निचाट अकेलेपन में भी ख़ुद से ही झूठ बोला जा सकता है? क्या उच्छ्वासों को भी इस तरह पेश किया जा सकता है जैसे वे ही हमारे सहज श्वास-प्रश्वास हों? क्या बाद में शब्दों का वह अभिप्राय भी

हो सकता है जो लिखे–बोले जाते समय क़तई नहीं था? क्या भावनाओं का झाग बैठने में उतना समय भी नहीं लगता जितना कि पलक झपकने में? क्या इतना ही आसान होता है गुफा के मुँह पर चट्टान लगाना, जहाँ से हवा–प्रकाश आता है। हर जगह क्या इतना कोलाहल है कि कहीं कोई कोना वाक़ई शेष ही नहीं? जिसे हम कोना कहते–समझते हैं, क्या वह कोई विशाल पठार है या आम रास्ता जिसमें किसी की भी आवाजाही सम्भव है? उठती हुई पुकार, बढ़ा हुआ हाथ, निश्चल हँसी या मनुष्य पर विश्वास—क्या सब कुछ को किसी छलावे में ही तब्दील हो जाना है?

या हमारे जीवन के कुछ क्षण या दिन, धूल के कण भर हैं, जिन्हें किसी भी समय अपने वस्त्रों से झटककर अलग किया जा सकता है। या हमारे भीतर का नेगेटिव इतना अलग है कि उसे हमारे नाक–नक़्श से मिलाया ही नहीं जा सकता। अब आन्तरिकता भी कोई मुखौटा है! क्या भीतर की सारी आवाज़ें दुनियादारी के चल रहे कारख़ाने के यंत्रों की चिंघाड़ में गुम होने के लिए अभिशप्त हैं? तारे दूर हैं, चन्द्रमा दूर है, आह! वह स्मृति दूर है—ये सब अलभ्य हैं लेकिन क्या ये हमारे पास ठीक उसी तरह उपस्थित नहीं होते, जैसे कोई स्पन्दित और जीवित अनुभव?

समय को समय ही मार सकता है।

समय का उपचार समय ही है। मैं इस उपचार में विश्वास करता हूँ। मेरे पास कोई दूसरा उपाय भी नहीं है।

(2005)

अपना शहर एक असमाप्त खोज है

बड़े शहरों का आकर्षण विचित्र है। वे लोगों को उस तरह अपनी तरफ़ खींचते हैं जैसे आलपिनों को कोई बड़ा चुम्बक। शहरीकरण की योजनाएँ भी शहरों को अपने आसपास के सामाजिक भूगोल का नाभिक बना देती हैं। उनकी परिधि और प्रभाव में आनेवाले तमाम गाँव-क़स्बे उनमें धीरे-धीरे समा जाते हैं। आसपास एक निर्वात-सा बनता है, जिसे शहर अपनी परछाइयों से, अपने वैभव, अपने कोलाहल और कूड़े से भरता चला जाता है।

विस्थापन की यह एक अबाध, अनवरत प्रक्रिया है। इसे रोकना कठिन ही है क्योंकि यही अब विकास की अवधारणा का मॉडल है। कभी-कभी ख़ुद से ही पूछता हूँ कि क्या किसी देश में मनुष्य जीवन कुल पचास-साठ महानगरों में सीमित हो जाएगा ? या फिर छोटे-बड़े-मझोले कुल तीन-चार सौ शहरों में ? क्या बाक़ी जगहों पर जीवन के सिर्फ़ अवशेष रहेंगे! उठते-गिरते, आसमान की तरफ़ देखते, अभिशप्त जीवन के उदाहरण। या वे जिजीविषा से भर उठेंगे और अपने होने को फिर साबित करेंगे ? या सब दौड़ लगाकर शहरों की विशालता और गुरुत्व के ब्लैक-होल में समा जाएँगे ?

जो भी हो, लेकिन अपना गाँव, क़स्बा या शहर छोड़ देना, उसे अपने जीवन में स्थायी इतिहास बना देना हमेशा ही किसी व्यक्ति के लिए सबसे मुश्किल काम रहा है। और इसका कोई बहुत बड़ा, सांसारिक बुद्धि से लबरेज, लाभ-हानिवाला कारण बताना लगभग नामुमकिन है। याद करें, 'नसीम' फ़िल्म में बूढ़े दादाजी, इस सवाल पर कि हम भी पाकिस्तान क्यों नहीं चले गए, अपनी पोती से कहते हैं कि 'तुम्हारी दादी को यह सामने लगा नीम का

पेड़ बहुत पसन्द था, इसलिए।' अब इस कारण को समझना बेहद आसान भी है और उतना ही कठिन भी। इन्हीं वजहों से साहित्य में विस्थापन को लेकर, अपनी जगह-ज़मीन और अपने-अपने दाग़िस्तान को लेकर महान रचनाएँ सम्भव होती रही हैं।

दरअसल, शहर और कोई व्यक्ति, दोनों साथ-साथ विकसित होते हैं। पल्लवित होते हैं और एक साथ टूटते-फूटते हैं। कभी शहर में फूल खिलते हैं, नए पत्ते आते हैं तो आपके भीतर भी वे सब दर्ज होते हैं और जब आपके भीतर फुलवारी खिलती है तो आप देखते हैं कि शहर में भी जगह-जगह गुलमोहर फूल गया है। जब भी आप उदास होते हैं, अवसाद या दुख में होते हैं तो शहर अपनी किसी पुलिया के साथ, किसी पुराने पेड़ की छाया और उसके विशाल तने के साथ, अपने मैदान में ढलती शाम के आत्मीय अँधेरे के संग आपके लिए उपस्थित हो जाता है। जैसे आप शहर के हर उस कोने-किनारे को जानते हैं, उन जलप्रपातों, कन्दराओं और आँचल को जानते हैं जहाँ जाकर एकदम किलकारी भर सकते हैं या सुबक सकते हैं। और जानते हैं कि यह शहर आपकी किसी मूर्खता, भावुकता और तकलीफ़ को इस तरह जगज़ाहिर नहीं होने देगा कि आपको शर्मिन्दगी हो। यह अपना शहर है, यह आपको उबार लेगा। और मौक़ा आने पर आज भी अपने कन्धे पर बैठा लेगा। शहर की ठोकरों के निशान आपके माथे और आत्मा पर कुछ कम नहीं हैं लेकिन कुछ रसायन हैं जो तब ही बनते हैं जब आप अपने शहर में होते हैं। भीतर कुछ धातुएँ हैं, घंटियाँ हैं, जिनका संगीत अपने शहर में होने से ही फूटता है। जब आप अपने शहर में नहीं हैं तब भी एक तरह का संगीत, एक सिम्फ़नी बजती रहती है, लेकिन उसका राग कुछ अलग होता है।

काफ़ी हद तक ये सब रूमानियत और भावुकता से भरी बातें प्रतीत हो सकती हैं। यथार्थ का धरातल रोज़ी-रोटी है। क़स्बों और छोटे शहरों का अनियोजित विकास, टूटी सड़कें, फूटी नालियाँ, तंग गलियाँ, धूल, गन्दगी, जाहिली-काहिली हमारे सामने वास्तविकता के बड़े हिस्से की तरह प्रकट है। लेकिन यह भी सच्चाई है कि हर आदमी को जैसे अपना एक शरीर मिलता है, वैसे ही उसे अपना एक शहर मिलता है। जीवन में सिर्फ़ एक बार। कुल एक बार। लेकिन चाहते हुए भी आप हमेशा अपने शरीर में वास नहीं कर सकते। दूसरी देहों में भी आपको रहना पड़ता है। यह कायान्तरण जीवन की

विडम्बना है, लेकिन है। इस कायान्तरण में आपको तिलचट्टे या चूहे की देह मिल सकती है या मुमकिन है कि आपको किसी सुन्दर पक्षी या चीते की देह मिल जाए। लेकिन फिर भी आप हमेशा ही अपने मूल शरीर की खोज करते हैं कि आपका पुनर्वास हो सके। आपकी हर ऊँची उड़ान, हर अकल्पनीय छलाँग या वेदनापूर्वक घिसटने की त्रासदी या उल्लास जैसे अपनी उस देह को फिर से पा लेने की ही कोई कोशिश है। हर दूसरा शहर, हर दूसरा शरीर जैसे कोई अस्थायी राहत-शिविर है। सराय है। तम्बू है।

दूसरे शरीर में रहते हुए, चाहे वह कितना ही सुन्दर, सुगन्धित, सामर्थ्यवान क्यों न हो, एक पराएपन, अचकचाहट और प्रवासी होने का बोध बना रहता है। उसके पसीने की गन्ध आपके शरीर के पसीने की ख़ुशबू से अलग है। जैसे आप निष्कासन पर हैं। और अपनी देह कितनी ही कुरूप हो, धूल-धक्कड़ से भरी हो, चुम्बनों या घावों से लबरेज़ हो और उसमें कितनी ही मुश्किलें बन गई हों मगर आपको लगता है कि यहाँ आप अजनबी नहीं हैं। आश्वस्त हैं कि आप इस शरीर के सारे रास्ते जानते हैं। सारी गलियाँ, धमनियाँ, सारे चौराहे, घाटियाँ, खाइयाँ और गूमड़। उन स्पन्दनों, संवेगों और तरंगों के साथ सहज रह सकते हैं जो आपकी देह में से उठती हैं। चूँकि शरीर की तरह शहर-गाँव भी एक ही बार आपको प्राप्त होता है इसलिए छूट गए शहर से आपकी मुक्ति सम्भव नहीं। वह आपका था, आपका है। आप उससे दूर हैं लेकिन वह आपका है। वह नष्ट हो रहा है तब भी और उठान पर है तब भी। दोनों स्थितियों में वह आपको व्यग्र बनाता है।

जगज़ाहिर है कि बड़े शहरों की मुश्किलें भी बड़ी हैं। अपरिचित भीड़ से उपजा अवसाद, दो सौ परिवारों के बीच में रहने से पैदा अकेलापन, प्रदूषण के तमाम प्रकार, अनियंत्रित जनसमूह, पार्किंग, ट्रैफ़िक जाम, भागमभाग, थकान और यांत्रिकता। यह सूची बहुत लम्बी हो सकती है। लेकिन यहीं रोशनियाँ हैं, आधुनिकता है, नई आवाज़ें और तसवीरें हैं। वे ऐकान्तिक क्षण सम्भव है जब अपरिचय भी वरदान है, सभ्यता के अनेक स्तर हैं, जीवन्त उठापटक है और वे चबूतरें, वे रोशनदान भी हैं जहाँ से आप दूर तक देख सकते हैं। हर शहर, अपने आकार और सम्पन्नता के अनुपात में उतना ही बड़ा एक आकर्षण है। वह हर उस चीज़ को खींचता है, जो उसके क़रीब से गुज़रती है। मैं भी पिछले कुछ वर्षों से इसकी गिरफ़्त में हूँ। लेकिन सच यह

है कि मैं बड़े शहरों से मुक्त होना चाहता हूँ। उन्हें परास्त कर देना चाहता हूँ। उनके रूप, लावण्य, गरिमा और गर्व को आहत करना चाहता हूँ। उनके गुरुत्वाकर्षण के ख़िलाफ़ जाकर, उनके चुम्बक को ध्वस्त करते हुए अपनी गुम, विस्मृत और अकिंचन ज़मीन पर लौट आना चाहता हूँ। यह एक जटिल लड़ाई है। इसके अनेक मोर्चे हैं, अनगिनत पहलू। मैं कभी कन्दरा में छिपता हूँ, कभी मैदान में आकर लड़ता हूँ। बार-बार लगता है, एक दिन अपनी काया को वापस पा लूँगा। कभी लगता है कि अब वह अलभ्य है।

और मुमकिन है कि जब अपना शहर कभी वापस मिल जाए तो आप देखकर विस्मित और अवाक् हो सकते हैं कि यह, वह शहर नहीं जिसे आपने खो दिया था। इस तरह अपने शहर को आप एक बार फिर खो देते हैं, और फिर से अन्वेषण की यात्रा शुरू होती है। उन चिह्नों, उन सितारों, मैदानों और सूर्यास्तों को, उन कोनों-किनारों, रास्तों और पुलियों को फिर से खोजते हैं। उस उमंग, उत्साह, उत्ताप और आनन्द को छू लेना चाहते हैं जो आपके भीतर बसा रह गया था। लगता है; जैसे यह खोज अपनी किशोरावस्था की, युवा दिनों की, वनस्पतियों, तालाबों, गलियों और उन मित्रों की खोज भी है जो दरअसल बीत गए हैं और ऐसी जगह जाकर फँस गए हैं कि उनकी वापसी सम्भव नहीं। कई बार तो अपने शहर में रहते हुए भी आप उसे खो देते हैं और बेसाख़्ता आपके मुँह से निकलता है—'अब यह शहर वैसा नहीं रहा।' इस तरह हम अपनी ही देह, अपनी ही उम्र के गुज़र जाने की सूचना भी चस्पाँ करते हैं।

कभी अपने शहर की अब तक अदेखी गली या किसी नई बन रही जगह को देखकर लगता है कि अरे, इतने वर्ष हो गए, इस तरफ़ तो आना ही नहीं हुआ! सड़क के भीतर कुछ धँसकर उग आए बाँस के झुरमुट, शान्त चट्टान या अब तक अलक्षित किसी टूटी दीवार को देखकर भी ऐसा ही भाव आता है कि इस शहर के कई रंग हैं, कई रूप, जिन्हें देखना हमेशा शेष रहेगा। तकलीफ़ें, उम्मीदें और जिज्ञासाएँ आपका पीछा नहीं छोड़तीं। यह एक बहुआयामी अन्वेषण है। एक अनवरत खोज। जहाँ कई जगहों का आविष्कार भी सम्भव है।

लेकिन हर उस शहर का, जिसमें आप फ़िलहाल रहते हैं और जो भले मूलतः आपका न हो, एक सौन्दर्य होता ही है। उसके स्थापत्य का, उसकी हँसी का, उसकी रातों और उसकी सुबहों का, शामों का एक मायाजाल होता

है। कुछ दिन साथ रहने से उपजा आपसी प्रेम होता है। इनका सामना आप हर बार क़स्बे की गन्ध से, स्मृतियों से और छवियों से करते हैं। लेकिन ये कोई अस्त्र-शस्त्र नहीं हैं। आप हर बार निहत्थे हैं। चीज़ें आपको लुभाती चली जाती हैं। और यह देखकर, यह जानकर कि आख़िर हर बड़ा शहर अपने आपमें एक 'शेल्टर हाउस' है, आप एक बार फिर शरणार्थी होने का अनुभव करते हैं।

तब यह जीवन जैसे अपने शरीर और अपने शहर को वापस पा लेने की, पुनर्वास की आकांक्षा की एक अशान्त और आशावान दिनचर्या से भर जाता है।

(2008)

एक घर, एक शहर

रहने के लिए एक घर चाहिए। यह एक अधूरा वाक्य है।

दरअसल, पूरा वाक्य यह हो सकता है कि रहने के लिए शहर चाहिए और उस शहर में एक घर चाहिए। होता भी यही है कि हम पहले एक शहर खोजते हैं। किसी उल्लास में और किसी आकांक्षा के साथ हम उसे खोज लेते हैं। या कभी-कभी हमें शहर यों भी मिल जाता है कि हमने सोचा भी न था कि वहाँ उस शहर में जाएँगे। बल्कि वहाँ जाने का हम विरोध करते हैं, मातम मनाते हैं और लाख जतन करते हैं कि वहाँ न जाएँ। फिर तमाम अनिच्छा, अनमनेपन से हम वहाँ जाते हैं और लगातार ख़ुद को दिलासा देते रहते हैं कि शायद यहीं का अन्न-पानी कुछ दिनों के लिए बदा है। फिर हम भूलते चले जाते हैं कि यह वही शहर है, जहाँ हम आना ही नहीं चाहते थे और इसके लिए हमने बहुत सारी ताक़त, बहुत सारे सम्बन्धों का ज़ोर लगा दिया था। अब कभी-कभार कोई पूछे या याद करे तो ही यह सब याद आता है। इस तरह भी कोई शहर हमें खोज लेता है, समाहित कर लेता है या इस तरह से हमें बन्धक बना लेता है कि हम ही उस शहर को नहीं छोड़ना चाहते। फिर हमें पता चलता है कि यदि शहर में रहना है तो किसी घर में ही रहना होगा। इस तरह हम शहर में और किसी घर में एक साथ रह पाते हैं।

कुछ मुश्किल तब होती है जब शहर बढ़ता ही चला जाता है। इतना कि उसके नक़्शे में आपका घर एक छोटे-से धब्बे की तरह दिखता है। फिर वह धब्बा एक बिन्दुनुमा छींटे में बदल जाता है और फिर वह छींटा भी ग़ायब हो जाता है। फिर उसका एक हल्का सा निशान दिखता है जो दरअसल नक़्शे में

नहीं आपकी स्मृति में कहीं होता है। फिर आप ख़ुद ग़ायब होना शुरू होते हैं। धीरे-धीरे आप लुप्त होते चले जाते हैं। कहीं आपकी निशानी भी नहीं बचती। केवल आपको ही पता रहता है कि आप इस शहर में हैं। लेकिन अकसर ही लग सकता है कि यह आपका कोई भ्रम है। मनोरोग जैसा है कि आप नहीं हैं लेकिन अपने होने को अनुभव करते हैं। फिर कुछ चीज़ों से आप इस भ्रम को दूर करने की कोशिश करते हैं और आख़िर जानकर गहरी साँस लेते हैं कि आप वाक़ई उपस्थित हैं और यह 'सायकी' नहीं है।

राशन कार्ड, वोटर कार्ड, बिजली बिल या फिर ड्राइविंग लाइसेंस, बैंक पास-बुक, पासपोर्ट या पैन कार्ड आपके पास है। इनमें से कुछ चीज़ों पर तो आपकी तसवीर भी है, पता-ठिकाना है। यह आपके होने का सबूत है। इतना कि हर कोई इस पर विश्वास करता है। जो आपको जानता नहीं, जिसका आपसे किसी तरह का रिश्ता नहीं, वह भी मान लेता है कि आप इस शहर में हैं और इसमें कोई सन्देह नहीं किया जा सकता। इस समय ये सब प्रमाण, जो आप अपने घर में देख रहे हैं, आपके लिए सन्तोष और आश्वस्ति का विषय हैं। सबसे अधिक तो यही कि इनसे एक भ्रम, एक संशय दूर होता है। लेकिन कुछ चीज़ें नए सिरे से गड्डमड्ड होना शुरू होती हैं। जैसे यही कि यदि ये नहीं होंगे तो क्या आप वाक़ई नहीं रहेंगे! कि आपका होना इतना काग़ज़ी और इतना वायवीय है कि हवाएँ आपकी नागरिकता उड़ाकर ले जा सकती हैं, पानी आपको गला सकता है और अग्नि आपको भस्म कर सकती है! गीता का ज्ञान अजीब लौकिक अर्थ में आपको याद आने लगता है। ये चीज़ें चोरी हो जाएँ तो कई दिनों तक आपका होना स्थगित हो जाए। और शहर में आपकी वापसी बेहद कठिन साबित हो।

शहर इतना विशाल, विस्तृत, असम्भव और अलभ्य हो चुका है कि आपको रोज़-रोज़ अचरज होता है कि यह वही शहर है जिसे हमने इतना छोटा और कुलाँचे भरते हुए देखा था। जब इसने पहली बार अपनी देह बढ़ाई थी तो आपने भी अपनी सक्रियता के बल पर अपनी देह फुला ली थी। लेकिन जल्दी ही पता चल गया था कि यह कोई मिथकीय खेल नहीं है। आपने जब लघु रूप धारण किया तो फिर वापस अपने रूप में आ नहीं सके। और अब आप दरअसल भुनगे हैं।

नहीं, भुनगा भी कुछ बड़ा होता है।

(2012)

जो बच गया हूँ, वह हूँ

जीवन की स्मृतियों में से कुछ शामों को याद करना और किसी सिलसिलेवारनुमा ढंग से उनमें पुनर्प्रवेश करने की कोशिश नामुमकिन सी क़वायद है। यह एक साथ किंचित् ख़ुशी, ढलती लालिमा और असमाप्य उदासी की सुरंग में धँसने जैसा भी है। सारी शामें एक–दूसरे में बेतरह उलझी हुई हैं। उन्हें सुलझाया भी नहीं जा सकता। न उनमें से किसी एक को स्मृति या उदाहरण की तरह उठाया जा सकता है। घटनाओं का विवरण देना एक तरह की कथात्मकता में जाना है, जिससे मुझे परहेज़ है। जैसे हम अपने शब्दों से अपने अनुभवों की पुष्टि के लिए मोहताज हों।

यहाँ एक शाम का ज़िक्र भी बहुवचनीय है।

जनबाहुल्यता और एकाकीपन, बचपन और किशोरावस्था, युवावस्था और अधेड़ जीवन की अठारह हज़ार विस्मृत सी, अधिकांश धुँधली शामों से सिर्फ़ एक नाज़ुक कोलाज बन जाएगा। जैसे कोई कैलाईडस्कोप। ज़रा हाथ लगाया या घुमाया तो नितान्त एक नई आकृति और नया संयोजन।

ऐसी स्मृतियों पर कविता लिखना कहीं अधिक उपयुक्त लगता है। जहाँ छलाँगें सम्भव हैं, दो स्मृतियों के बीच की पंक्तियों में अपार चहलक़दमी मुमकिन है और जहाँ बिना किसी योजना के किसी भी शब्द और खोखल में शामें बिताई जा सकती हैं। जहाँ अनायास और सायास में कोई फ़र्क़ नहीं है। जहाँ सहज ही प्रस्तुत वर्तमान और सुदूर अतीत के असम्भव छोरों को मिलाया जा सकता है।

एक शैवाल, एक मछली, एक सीप

और फिर आती हुई अनिर्वचनीय रात। मेरे लिए शामों का कोई पृथक् और स्वतंत्र अस्तित्व नहीं है। मेरी शामों में रातें एक अनिवार्य हिस्सा हैं। रात का प्रथम प्रहर मेरी शामों में हमेशा शामिल है। इसलिए मेरी सन्ध्याएँ कम से कम चार घंटों की होती हैं। कई बार ये छह घंटों तक की हो सकती हैं। मैं शामों को अपनी रातों के साथ ही याद कर पाता हूँ। नक्स–वोमिका के मरीज़ों के एक ख़ास लक्षण की तरह मेरी सुबहें आलस्य से भरी रहती हैं और शाम आते–आते मैं पूरी तरह चैतन्य हो जाता हूँ। ज़्यादातर शामें मेरे लिए स्फूर्ति, उत्सुकता और ऊर्जा से लबरेज़ होती हैं। शायद बहुत लोगों के लिए सुबहें ऐसी ही होती हों! बहरहाल!

धूल उड़ रही है। गोधूलि।

घरवालों की आवाज़ों से गली भर गई है। वे चाहती हैं कि सारे खेल और सारी गपशप बन्द करके बच्चे वापस घरों के भीतर आ जाएँ। आँगन में इतने लोग हैं, इतनी आपाधापी और हाहाकार है कि घर के भीतर जाना यातना है। अपनी आज़ादी को अचानक खो देना है।

तो भीतर जाइए, सबको अपनी शकल दिखाइए और फिर चुपके से वापस गली या ओसारे में आइए। लेकिन अब बाहर सुनसान है। लोग हैं लेकिन बच्चों का सुनसान है। जो जगह इतने सारे दोस्तों से, खेलों और अजीब कारनामों से भरी हुई थी, वहाँ अब ठंडी धूल है। और अँधेरा। फिर शुरू होती है घर के भीतर ही कोई सुनसान और एकान्त खोजने की कोशिश। अकसर सफल कोशिश। बच्चों की चिन्ता सबको है मगर बच्चा घर में ही, यहीं कहीं है, इतने भर से काफ़ी निश्चिन्तता। उसी निश्चिन्तता में से बच्चे का एकान्त निकल आता है।

पास ही आम के पेड़ों का बग़ीचा है।

तीन कुएँ हैं। दो सूखे।

एक में मुश्किल पानी है जिसे आसान बनाने की अनवरत कोशिश सब लोग करते रहते हैं। एक कमरे में अनाज का ढेर है और दूसरे में भूसा ही भूसा।

ये सब बातें दरअसल जीवन की शाम के कठिन रूपक में बदलने के लिए अभिशप्त हैं।

और अब इस जीवन में शाम आते ही पहली मुश्किल शुरू होती है कि आख़िर इस शाम का क्या किया जाए! एक ख़ाली जगह दिखती है, निर्वात। अन्तरिक्ष। यदि इसे ठीक तरह की चीज़ों से, क्रियाशीलता से, सरगर्मियों से, वार्तालाप से, किसी अनोखी गतिशीलता, संगीत या गोताख़ोरी से नहीं भर दिया गया तो यह निर्वात, यह अन्तरिक्ष मुझे निगल लेगा, अपने में ही समो लेगा। और मज़े की बात है कि शामें मुझे कई बार निगल लेती हैं। इस तरह मैं, हज़ारों शामों द्वारा उदरस्थ किया जाकर, जो बच गया हूँ, वह हूँ।

शामों में अन्यथा इतनी चहल-पहल, धूल, आवाज़ें, धुआँ, गन्ध, शीत, बारिश, कीचड़, जद्दोजहद, उमस या ओस है और ढलती हुई हर क्षण कमज़ोर होती रोशनी है कि जितना विस्मय होता है उससे अधिक बेचैनी। इस तरह ये शामें मुझे अपने जीवन का भी श्वेत-श्याम चित्रपट जैसी लगती रही हैं।

थोड़ा सा आराम मिलता है यदि इन शामों में बाहर मैदान में जाने का मन और मौक़ा मिल जाए। और उन्हें धीरे से रात में तब्दील होता देखा जाए। शाम के धुँधलके में एक-एक करके तारों को उगते देखना। फिर चाँद को खोजना। जो कभी दिखता है, कभी नहीं। जो कभी ज़रा-सा दिखता है और कभी एकदम पूरा। फिर उस होती हुई नई-नवेली, किशोर रात्रि के रंग में रँगे हुए अपने पूरे आसपास को देखना। सब कुछ किसी रहस्य में डूबता हुआ और उसमें से उबरने की इधर-उधर दिखती छटपटाहट। कई तरह की रोशनियाँ! ज़्यादतर मद्धिम। कुछ कतारबद्ध और ज़्यादातर छिटपुट बिखरी हुईं।

बस, इस तरह से भी शामों को अपने ऊपर से गुज़र जाने दिया जा सकता है। कभी वे रौंदती हुई चली जाती हैं और कभी नाज़ुक ख़यालों से लदी हुई और भारहीन।

और एक अनन्त रात मेरे सामने होती है। जो मेरे लिए शाम का ही एक बेहतर विस्तार है।

यात्राओं, कामकाज, नींद और थकान के खाते में भी हज़ारों शामें हैं। क़रीब पाँच बरस की शामें तो पास के क़स्बों से नौकरी करके लौटते हुए बसों में

बीतीं। और वे तमाम सन्ध्याएँ थकान, भूख और नींद के तत्त्वों से मिलकर बनती रहीं। लेकिन वे उबाऊ नहीं थीं। बीच-बीच में जो चैतन्य अवस्था और आलस्य में भी जो चमक रहती थी, उसमें बहुत ताक़त और कल्पनाशीलता के झोंके थे। उन शामों में देखा गया गाँवों-क़स्बों का जीवन, यात्रियों की तमाम स्थितियाँ और प्रकृति का मेल आज भी स्मृतियों का, अनुभवों का चमकदार हिस्सा है।

मैं अकेली शामों का और अकेली रातों का सर्वाधिक शुक्रगुज़ार हूँ।

(2012)

अच्छा काव्य-पाठ

(तथाकथित अच्छे काव्य-पाठ विषयक कुछ पंक्तियाँ)

एक दिलचस्प आरोप समकालीन कविता के कवियों पर लगाया जाता रहा है कि अधिकतर कवि, अच्छे कवि भी, अपनी कविताओं का पाठ प्रभावी ढंग से नहीं करते। या कहें कि नहीं कर पाते। मुझे अनेक अर्थों में यह एक विलक्षण माँग लगती है। कविता लिखना और पाठ करना, दो अलग-अलग कलाएँ हैं। और एक ही व्यक्ति में ये दोनों उत्कृष्ट रूप में उपस्थित हों, यह प्राय: दुर्लभ है।

जैसे एक ज़माने में फ़िल्मों में नायक के लिए गायन कला में पारंगत होना लगभग अनिवार्य शर्त थी। और इसकी अपनी मुश्किलें थीं, साथ ही यदि कोई अच्छा अभिनेता है लेकिन गायक नहीं है तो उसकी अभिनय प्रतिभा को अवसर मिलना असम्भव नहीं लेकिन दुष्कर अवश्य ही था। इस तरह के आग्रह एक उत्कृष्टता को कमतर देखते चले जाने का या उसकी उपेक्षा का अनजाने ही कारण बनते हैं। जैसे कलाकार से आप एक न्यूनतम 'पैकेज' की माँग कर रहे हैं। संगीत की समझ, संगीतकार होना, गायक होना, कविता या गीत लिखना और मंच पर पाठ, कुछ लोगों में ये सारी अथवा कुछ प्रतिभाएँ एक साथ हो सकती हैं मगर अधिकांशत: ऐसा नहीं होता।

यहाँ प्रभावी काव्य-पाठ के आशय भी पृथक् हो सकते हैं। किसी के लिए वह साफ़ उच्चारण और कुछ धीमी गति से पढ़ना पर्याप्त होगा। किसी के लिए पूरे हावभाव, अभिनय के साथ प्रभावशाली प्रतीत होगा और किसी के लिए

प्रचुर नाटकीयता का तत्त्व ज़रूरी लग सकता है। किसी की आवाज़ भारी, गूँज भरी या अन्य रूप से प्रभावी हो सकती है और इसका उलट भी, जिसमें उसका अपना योगदान लगभग कुछ नहीं होता। वह प्राकृतिक रूप से प्रदत्त है। काव्य-पाठ में कवि का व्यक्तित्व, उसका चेहरा-मोहरा और उसकी सहज, नैसर्गिक देह भंगिमाएँ भी शामिल हो जाती हैं। इस सबके समुच्चय में काव्य-पाठ होता है, जिसमें कुछ चीज़ें नैसर्गिक होती हैं, कुछ का विकास किया गया होता है और कुछ अभिनयमूलक। हकलाहट, तुतलाहट, अटकना और उच्चारण दोष के बावजूद किसी का कुल पाठ अच्छा लग सकता है। या कहें कि उससे हमारा तादात्म्य बैठ जाता है। दरअसल, कविता-पाठ में कोई कवि कुछ ही पक्षों में, कुछ ही हद तक सुधार कर सकता है। हमेशा इसकी एक सीमा बन जाएगी। इसका कोई आदर्श रूप बना पाना अवांछित और कठिन है। जितने कवि, उतनी तरह का काव्य-पाठ। यही सच है। यही आकर्षण है।

मुझे तो अपना हर प्रिय कवि, जिसका काव्य-पाठ मैंने सुना है, अपने सहज, प्राकृतिक ढंग में ही प्रिय लगता रहा है। वही उसकी विशिष्टता भी बन जाती है। कविता सुनना भी एक कला है जिसे हर श्रोता अपने ढंग से अर्जित करता है। और यह अपने कवि से, प्रस्तुत काव्य-पाठ से तादात्म्य बैठाने से गहरा सम्बन्ध रखता है। कविमुख से कविता सुनने के सुख में यह शामिल है कि 'कवि की अपनी शक्तियों और सीमाओं के साथ सुनने से प्राप्त आनन्द।' और इसका कोई मानकीकरण नहीं हो सकता, यदि आप इसमें आनन्दित नहीं हो सकते तो बेहतर है कि उसे किसी अन्य के मुख से सुना जाए।

यहाँ अनेक ऐसे कवि भी ध्यान में आ सकते हैं जो अपनी निष्प्रभावी और कमतर कविताओं का भी ग़ज़ब, प्रभावी पाठ कर पाते हैं। किसी के लिए इसमें बहुत हद तक स्वाभाविक, प्रकृति-प्रदत्त सहयोग भी मिला होता है। नाद, पाठ, स्वर, सटीक उच्चारण और अंग संचालन से उत्पन्न प्रभावी पाठ की अपेक्षा सभी कवियों से करना एक अतिरिक्त माँग है। इस आधार पर उनकी आलोचना तो दुराग्रह ही है। यदि यह आग्रह रखना ही है तो ऐसे काव्य-प्रेमियों का दल विकसित किया जाना चाहिए जो भले ही कवि न हों लेकिन अच्छा काव्य-पाठ कर सकते हों। जैसा मराठी, मलयालम, अंग्रेजी और अन्य यूरोपियन भाषाओं में कहानियों के पाठ विकसित किए गए और 'स्टोरी टेलर' की एक आदरणीय, लोकप्रिय जमात पल्लवित हुई। 'पोइट्री रैसिटेशन' के

लिए भी ऐसी जमात को प्रेरित किया जाना कहीं बेहतर और व्यावहारिक होगा ताकि 'काव्य-पाठ' के असर को सम्प्रेषणीयता और प्रचार के उच्चतम स्तर तक पहुँचाया जा सके। उनकी विशेषज्ञता किसी भी श्रेष्ठ पाठ करनेवाले कवि से बेहतर ही होगी।

किंचित् प्रकारान्तर होगा लेकिन फ़िल्मों में पार्श्वगायन से भी इसे समझा जा सकता है। यदि सारे शायर, गीतकार, कवि चाहे कितना ही अच्छा पाठ क्यों न कर सकते हों, उनसे उनके गीत नहीं गवाये गए क्योंकि मामला समूचे प्रभाव और श्रेष्ठता के आधार पर तय होना है। साहिर और शैलेन्द्र की शायरी कितनी भी अच्छी क्यों न हो, यदि वे सिर्फ़ मंच से ही श्रेष्ठ पाठ करते रहते तो वह इतनी दूर तक और इतने प्रभावी ढंग से न पहुँचती जितनी पार्श्वगायकों और संगीतकारों की वजह से सम्भव हुई।

अपने में गुम, संकोच, संशय और सहज मानवीय कमज़ोरियों के साथ किए गए अनेक कवियों के काव्य-पाठ अप्रतिम काव्यानुभव के कारण भुलाए नहीं भूलते। और जिन कवियों के काव्य-पाठ की बड़ी प्रशंसा है, अनेक अवसरों पर उनकी नाटकीयता, आवाज़ पर उनका आत्मविश्वास और उच्चारण की शुद्धता ही अकसर बाक़ी चीज़ों को ढाँप लेती है। तथाकथित अच्छा पाठ ख़राब कविता के लिए ओट भी बन सकता है। बनता रहा है।

न्यूनतम अपेक्षा शायद यह हो सकती है कि उच्चारण यथासम्भव ठीक हो और श्रोता तक आवाज़ पहुँच सके। इसे किसी कवि द्वारा धीरे-धीरे अर्जित भी किया जा सकता है और कविता सुनाए जाने के लिए इतनी भर अपेक्षा जायज़ प्रतीत होती है।

एक अर्थ में अच्छा काव्य-पाठ एक रूपवादी, रूमानी आग्रह भी हो सकता है!

(2013)

ख़ुशी और चीख़

बचपन के गाँव, क़स्बे या शहर के बारे में लिखना सबसे कठिन, हृदयविदारक और किसी स्वप्न की कहानी सुनाने जैसा है। कुछ चीज़ें इस तरह याद हैं जैसे वे कल ही घटित हुईं और अनेक चीज़ें दूर क्षितिज में कहीं घटती दिखती हैं। कहीं स्मृति साथ देती है और अकसर विस्मृति आपको कल्पनाशील बनाने लगती है। इस तरह विवरण में गल्प और कथा का, सर्जनात्मकता और इच्छाओं का समावेश होता है। कोई भी संस्मरण या आत्मकथ्य पूरी तरह तथ्यात्मक, सही-सही और एकदम सच्चा नहीं हो सकता। और यह बात दरअसल उसकी अनन्तता और ताक़त के बारे में है। मैं उनसे गहरी सुखद ईर्ष्या करता हूँ जो अपने अतीत को अद्‌भुत तरीक़े से लिख डालते हैं।

किशोरावस्था का क़स्बा किसी लम्बे चमकदार स्वप्न की तरह ही याद आता है लेकिन उस क़स्बे में मैं वापस कभी नहीं जाना चाहता। कारण वही, सदियों पुराना, वही घिसा-पिटा और अतिवास्तविक कि मैं वहाँ जाऊँगा तो चीज़ें एकदम बदली हुई नज़र आएँगी और मैं बरबाद हो जाऊँगा। उजड़ जाऊँगा। दिवालिया हो जाऊँगा। मेरी सारी धरोहर, सारी स्मृति और पूरी किशोरावस्था रसातल में चली जाएगी। यह तो होगा ही कि क़िले का बुलन्द दरवाज़ा अब उतना बुलन्द नहीं लगेगा और तालाब हो सकता है पोखर की तरह दिखे। स्कूल का पीपल या तो होगा ही नहीं और होगा तो वैसा घना नहीं। और तब तय है कि पीपल के पत्तों से गुज़रकर हवा जो आवाज़ करती थी, वह आवाज़ लुप्त हो चुकी होगी। कुएँ, गलियाँ, नाई की दुकान, शिवलिंग, पोस्ट ऑफ़िस, तहसीलदार का बँगला, मन्दिर की परिक्रमा का गलियारा, हरे

धनिए की बाड़ी और महेश, पूरन, निर्मला, राजेश, अब वहाँ वैसा कोई नहीं हो सकता। जबकि सारी चीज़ें, सारी बातें, सारे चेहरे और सारे दृश्य मेरे पास हैं, सुरक्षित हैं, संरक्षित हैं और हरे हैं। एकदम जीवन्त, मैं उन्हें छू सकता हूँ।

जीवाश्म बन चुकी यह एक ऐसी क्रिस्टल-गेंद है जिसे मैं वास्तविक यथार्थ से टकराकर तोड़ नहीं देना चाहता। इसकी कोई ज़रूरत नहीं। यह कोई भुलावा भी नहीं है, छलावा तो बिलकुल नहीं। क्योंकि यह था, यह हुआ था और यह सच्ची बात थी। निश्चित ही यह एक बुलबुला है, विशाल बुलबुला। कह सकते हैं कि पृथ्वी के आकार का। अपनी धुरी पर घूमता और इन्द्रधनुषों से भरा हुआ। यहाँ लगातार बारिश होती है और सूर्य चमकता है। रात होती है तो चाँद निकल आता है और अनन्त तारे। यह जगह कभी ऋतुओं की सुन्दरताओं से ख़ाली नहीं रहती। यहाँ एक साथ सारे मौसम उपस्थित हैं, संसार की सारी वनस्पतियाँ और तमाम फूल। सारी ख़ुशबुएँ। सारे रहस्य।

रेडियो से आती आवाज़ें, परिवार नियोजन की फ़िल्में, किराने की दुकान पर रखा सामान, अख़बार की ख़बरें और तमाम तरह के खेल। टॉर्च, अलार्म घड़ी, टूथब्रश, साइकिल, चुम्बन, गुड़हल के फूल, त्योहार, समोसा, गोपन स्पर्श, बेशर्म की झाड़ियाँ, लायब्रेरी और अन्तर्देशीय पत्र। हर चीज़ में जिज्ञासा है, हर चीज़ में उत्साह, स्वाद, रंग और नया कुछ जानने का, नया कुछ कर लेने का गौरव। कुछ भी खोने के लिए नहीं है और पाने के लिए हर चीज़।

यह जादू है और जादू किसी दूसरे को बाआसानी समझाया नहीं जा सकता। उसका रोमांच और विस्मय सहज ही अन्तरित नहीं किया जा सकता। वह अब एक अप्राप्य श्वेत-श्याम फ़िल्म है जिसने इस जीवन को रंग और संगीत दे दिया है।

यह किसी ख़ुशी और किसी चीख़ के पास लौटना है।

या दोनों के बीच की खाई में गिरना है।

अनावृत समय और विदेह के संगीत की संगति में अब उस तरह लौटा नहीं जा सकता। व्यतीत और अतीत दोनों ही दुर्लभ और अलभ्य हैं।

उनकी निष्पत्तियाँ हमारे साथ हैं।

(2011)

क्या टूटे हुए पत्ते का पुनर्वास सम्भव है

(मुख्यमंत्री को लिखे गए एक पत्र के कुछ अंश, 1998)

तमाम राजनीतिक उपादान और विकास के नियमों की श्रेष्ठता और सफलता अन्ततः इसी में निहित है कि वे एक मनुष्य और उसकी प्राकृतिक स्वतंत्रता को उजाड़े बिना ही एक विकसित समाज का, राष्ट्र का निर्माण कर सकें। इसलिए मेरी दिलचस्पी बाँध की तकनीक में नहीं, बल्कि इस बात में है कि उससे मनुष्य या कोई आबादी तो नहीं उजड़ जाएगी। बड़े बाँधों से जिन लोगों को लाभ पहुँचेगा उसकी गणना मैं नहीं जानता, बाँध के सवाल पर पीछे हटने से सरकारों को कितना नफ़ा-नुक़सान होगा उसे भी मैं नहीं जानता और न ही जानना चाहता हूँ क्योंकि मैं मनुष्य को जानता हूँ। मेरा सारा सरोकार मनुष्य से है।

जानना होगा तो मैं यह जानना चाहूँगा कि क्या बड़े बाँध बनाने से एक आदमी भी विस्थापित नहीं होगा? क्या एक आबादी भी डूब में नहीं आएगी? एक मनुष्य की तरह से, उसी की तरफ़ से मैं यह पूछने के लिए विवश हूँ कि उजाड़ फैलाकर किस तरह की और किनके लिए हरियाली आएगी? क्या गाँव-शहर बसने की ऐतिहासिक मानवीय प्रक्रिया और परम्परा के बारे में ज़रा भी विचार किया जाएगा? एक गाँव बसने में जितना मानवीय प्रयास, कष्ट, उल्लास और जिजीविषा शामिल होती है उसकी तौल में विकास का कौन-सा पक्ष पलड़े में रखना चाहिए? प्रश्न यह भी है कि एक मनुष्य की भावुकता, उसकी संवेदना, आत्मीयता और उसके सन्ताप को किस निगाह से देखा जाए?

और विकास को किस तरह से समझा जाए? विनाश के साथ विकास कैसे हो सकता है? तकनीकों को, विकास के औज़ारों को मनुष्यों के शवों के ऊपर स्थापित नहीं किया जा सकता। यह सभ्यता के विकास का रास्ता नहीं है।

एक न्यायाधीश, एक वैज्ञानिक, एक राजनीतिज्ञ और एक यंत्री क्या कहता है इसके बरअक्स कम महत्त्वपूर्ण नहीं है कि यह सुना जाए कि एक विस्थापित होता हुआ आदमी क्या कहता है? उसकी आवाज़ से अधिक प्रामाणिक कुछ नहीं हो सकता। यह संसद, प्रशासन और न्यायालय यदि उजड़ते हुए आदमी की आवाज़ को क़ैद करने के लिए काम करेंगे तो यह सबसे बड़ी अमानवीयता और ऐतिहासिक भूल होगी।

एक गाँव, एक आबादी और एक शहर जब डूब में आता है तो वह मानचित्र पर एक निशान मिट जाने की घटना भर नहीं है। उसके साथ वे गलियाँ भी डूबती हैं जो कई आदमियों के, कई सालों तक एक साथ चलने से, व्यवहार करने से बनती हैं। वे पेड़, वे वनस्पतियाँ डूब जाती हैं जो आपसे एक जीवित मनुष्य की तरह लगातार बर्ताव करती रहीं और दुख, सुख, रोग-शोक में काम आती रहीं। वह चन्द्रमा, वे तारे और वह सूर्य भी डूब जाता है जो सिर्फ़ उसी गाँव से, उसी कोण और उसी जगह से इतना आत्मीय और सुन्दर दीख सकता था। दिशाएँ डूब जाती हैं और वे घर डूब जाते हैं जिनमें जन्म हुआ, जिनकी खिड़कियों से दुनिया को देखने का काम शुरू हुआ और जिनमें गाने गाए गए, उत्सव मने, जिनकी छाया में विपत्तियाँ झेलीं, जिनके सीने से लगकर रोना रोया, जिनकी मुँडेरों पर सुबह का स्पर्श देखकर सुन्दरता का पहला सबक़ सीखा और जिनमें विलाप हुआ और जिनकी दीवारों के सहारे फिर से खड़े होकर जीवन में वापसी हुई। एक गाँव जब डूबता है तो मनुष्यों के वे तमाम सम्बन्ध और एक परम्परा ही डूब जाती है जो गाँव में पीढ़ियों तक रहकर ही सम्भव हो पाती है। कुओं, खेतों, ढूहों और चौपालों का डूब जाना क्या सिर्फ़ अजीवित चीज़ों का डूब जाना है? क्या हमारी स्मृतियों का डूब जाना, एक साधारण और उपेक्षणीय घटना हो सकती है?

सवाल ये भी हैं कि क्या लोग आन्दोलन को सिर्फ़ एक विरोध की तरह देखते हैं? क्या कोई आन्दोलन महज़ एक सामाजिक या राजनीतिक बाधा है? जब आन्दोलनकारी चढ़ते हुए पानी में मृत्यु की परवाह किए बिना खड़ा रहता है तो क्या यह एक ज़िद भर है? जो बुद्धिजीवी और समाजसेवी लोग

आन्दोलन का हिस्सा बन गए हैं क्या यह उनके लिए शग़ल है? क्या नर्मदा और अन्य नदियों को बचाने का ज़िम्मा आन्दोलनकारियों और समाजसेवियों का ही है, सरकार का नहीं? सम्भव है कि एक आन्दोलन की ऊष्मा और उसकी ताक़त को शासन-प्रशासन के ज़रिए एक दिन परास्त भले ही कर दिया जाए लेकिन उसके बीज नहीं मर सकते। मनुष्य की निराशा सबसे ताक़तवर और दुःसाहसिक होती है।

एक डूबते हुए गाँव के निवासी का विस्थापित होना, गाँव से शहर में पढ़ने-लिखने, नौकरी करने गए आदमी के विस्थापित होने जैसा नहीं है। डूब में आ रहे गाँव के निवासियों के लिए यह प्रलय आने जैसा है। उनके संसार को नष्ट किए जाने जैसा है। उसे देशनिकाला दिए जाने जैसा है। उसकी अनुभूति और कष्ट को शब्दों में अभिव्यक्त करना लगभग असम्भव ही है। इसलिए उसे राजनीतिक चेष्टाओं और क़ानूनी शब्दावली से समझने का प्रयास हास्यास्पद भी है और दारुण भी। पुनर्वास का अर्थ इतना सीमित नहीं हो सकता कि आप एक बीघा ज़मीन की जगह कहीं और एक बीघा ज़मीन दे दें। क्या डाल से तोड़ दिए गए पत्ते का पुनर्वास सम्भव है?

(1998)

एक दिन हिन्दी नहीं रहेगी

कुछ विद्वान कह रहे हैं कि एक दिन हिन्दी नहीं रहेगी। कोई वैश्विक होती भाषा (जैसे अंग्रेजी) उसे ग्रस लेगी, प्रतिस्थापित कर देगी। और यह कि हिन्दी में साहित्य रचने का अब कोई भविष्य नहीं है, अर्थ नहीं है क्योंकि इसे पढ़नेवाले नगण्य हैं और आगे यह संख्या न्यून से न्यूनतर होती चली जाएगी।

डायनासौर जैसे विशाल जीव नहीं रहे। लेकिन उन्होंने अपना जीवन जीने में कोई कोताही नहीं बरती। अनेक जातियाँ-प्रजातियाँ नष्ट हो गईं, उन्होंने भी भरसक जीने की कोशिश की। फिर प्राकृत, पाली नहीं रहीं। संस्कृत के अवशेष हमारे सामने हैं। संसार की अनेक भाषाएँ लुप्त हो गईं और कई लुप्त होने की कगार पर हैं। सम्भव है कि तीन सौ या हज़ार साल बाद हिन्दी भी लुप्त हो जाए और यह भी मुमकिन है कि इसे बोलने-पढ़नेवालों की संख्या आज की तुलना में दो-तीन गुनी हो जाए।

लेकिन जो हिब्रू में लिखते हैं वे हिन्दी भाषा की तुलना में क़रीब बीस गुना कम लोगों से सीधे सम्बोधित होते हैं। कुछ भाषाएँ ऐसी भी हैं जिन्हें बोलने-समझनेवालों की संख्या एक हज़ार से भी कम है। जकारू भाषा तीन हज़ार लोगों में प्रचलित है और उसे पेरू देश में कार्यालयीन भाषा का दर्जा प्राप्त है। जो भाषाएँ बहुत कम लोगों के बीच व्यवहार में हैं, वहाँ भी सुन्दर साहित्य अनवरत रचा जाता है।

जैसे ही आपकी अभिव्यक्ति किसी दूसरे तक पहुँचती है, वह सम्प्रेषित हो जाती है। अब वह कितनी और दूर तक जाएगी, इसका हिसाब नहीं लगाया जा सकता। छोटे समूहों, देशों में व्यवहृत भाषाओं का महत्त्वपूर्ण लेखन पूरी

दुनिया में फैल जाता है। एक लेखक उसी भाषा में व्यक्त करता रह सकता है जिसमें वह सोचता है, जिसके शब्दों से उसका रागात्मक और परम्परागत सम्बन्ध है। जिन शब्दों की जड़ों, पत्तों, डालियों, फूलों और फलों को वह जानता है। जिन्हें वह उनकी गन्ध से और सरसराहट से भी पहचान सकता है। वह अन्य किसी लोकप्रिय या अधिक विस्तारित भाषा की गोद में बैठकर अपनी धरती, अपना आकाश नहीं रच सकता। वह न तो गणितज्ञ है और न ही विपणन प्रबन्धक। उसे अपना माल नहीं बेचना, उसे रचना है। वह व्यापारी नहीं है, संवेदित मनुष्य है, लेखक है और उसे अपनी व्यग्रता और प्रसन्नता को अपनी उसी भाषा में, जो हमेशा भावों और विचारों के आगे अक्षम-सक्षम होती रही है, प्रकट करने का एक अजीबोग़रीब, कठिन काम करते रहना है।

अभी भी अनेक प्राचीन लुप्त भाषाओं की ऐसी लिपियाँ हैं जिन्हें पढ़ा नहीं जा सका है। और कुछ हैं जिन्हें आधा-अधूरा समझा गया है। कोई भी लेखक यह सोचकर अपनी भाषा में नहीं लिखता कि कल वह भाषा नहीं रहेगी तो उसके लिखे का क्या होगा। वह अपनी भाषा में इसलिए लिखता है कि वही उसके लिए स्वाभाविक है। वहीं उसकी गुज़र है। वहीं उसकी शक्तियाँ निहित हैं। सीमाएँ और चुनौतियाँ भी वहीं हैं। यों भी सर्जनात्मकता किसी भाषा में कभी पूरी तरह नहीं समाती, वह उसका अतिक्रमण करती है। प्रत्येक श्रेष्ठ रचना अपने शब्दों के सामर्थ्य से आगे निकल जाती है। जीवन का वैविध्य, जिजीविषा और जीवन के प्रति दृष्टि किस तरह प्रकट है तथा भाषा से लेखक का रिश्ता कितना सघन है, इन्हीं सब बातों से रचना की भाषा के भीतर और उसके पार की अमरता तय होती है।

हो सकता है कि एक दिन यह हिन्दी न भी रहे, देवनागरी को आगामी सभ्यताएँ न पढ़ सकें लेकिन उसके पुनः आविष्कार की उत्सुकता और आकर्षण हमेशा बना रहेगा, तब शायद एक दिन वह फिर पढ़ ली जाएगी। और यह न हो तब भी हर लुप्त होती भाषा आगामी भाषाओं को बहुत से सामर्थ्य और अनुभव सौंप जाती है। भाषाओं की आनुवंशिकता की यह सहज प्रकृति है। वे मनुष्यता का अंग हैं। भाषाओं का आपसी समागम इस संसार में उनके 'जींस' हमेशा बनाए रखता है।

(2009)

फच्चड़ की तरह ठोकना

1

साहित्य में मेरा प्रवेश साहित्य के अनुशासन से नहीं हुआ है, मैं विज्ञान का विद्यार्थी रहा और किसी प्रवासी पक्षी द्वारा लाए गए बीज की तरह मैं साहित्य के उद्यान में हूँ। लेकिन मुझे निराशा या अफ़सोस नहीं है, इसके विपरीत एक उमंग और हौसला ही है कि एक उदार और चेतना-सम्पन्न पाठक समाज मुझे उत्साहित करता रहता है। दूसरी बात, मुझे लगता है कि मेरी जिज्ञासा और व्यक्त करने की आकांक्षा और बेचैनी अभी बाक़ी है।

2

सापेक्षता के सिद्धान्त के साथ-साथ सम्भाव्यता का नियम (Law of Probability) मुझे बहुत आकर्षित करता है और जीवन में विश्वास जगाता है। इसी आलोक में मुझे कुछ भी 'निरा संयोग' नहीं लगता। सम्भाव्यता के नियम की एक सकारात्मक अभिव्यंजना है। जीवन में कुछ भी अच्छा या बुरा होना एक सम्भावना है मगर वह भाग्यवश नहीं है। कविता और 'विज्ञान की समझ' के बीच 'कलात्मक सम्बन्ध' जितना अधिक क़ायम होगा, कविता उतनी ही अधिक समृद्ध होती जाएगी। निश्चय ही विज्ञान की शाखाओं के ज्ञान का कविता में अनुवाद भर कर देना यहाँ अभिप्रेत नहीं है। उससे एक मुठभेड़, मानवीय परिप्रेक्ष्य का कोण और द्वन्द्वात्मक रिश्ता ही

अपेक्षित है। कला और विज्ञान का सर्वोपरि औचित्य मनुष्यता है। इसलिए मेरे लिए यही काव्य का अभीष्ट है। अनिवार्य रूप से कविता एक कला भी है। लेकिन जहाँ कविता में महज़ 'रस-निष्पत्ति' हो और 'विचार-निष्पत्ति' न हो तो, मेरे पाठक के लिए उस कविता का कोई उल्लेखनीय मूल्य नहीं है। 'जहाँ कविता अपने होने में या अपने होने को अन्धविश्वासों और अवैज्ञानिक आधारों में खोजती है या रहस्य द्वारा विजित कर ली जाती हो', उस कविता से मेरी अनुभूति का सम्बन्ध ठीक तरह नहीं जुड़ पाता। मैं यह मानता हूँ कि अनुभूति का विवेक और बुद्धि से भी गहरा सम्बन्ध होता है।

3

राजनीतिक दृश्य इस मायने में निराशाजनक है कि 'राजनीति' की इच्छा और आकांक्षा वहाँ लेशमात्र भी नहीं रह गई है, उसकी जगह सत्ता की कामना और लालसा ने ले ली है। लोकतंत्र एक दयनीय मज़ाक़ के करुण दलदल में फँस चुका है। जबकि राजनीति ही एकमात्र औज़ार है जिससे समाज का उद्धार सम्भव है। यह गहरी विडम्बना का समय है कि राजनीति में उद्धारकों की जगह संहारक ले चुके हैं। एक नागरिक और एक कवि के रूप में मेरी चिन्ता यह है कि रचनाकारों और बुद्धिजीवियों का कोई प्रभावी हस्तक्षेप इस स्थिति में नहीं है। न ही इसकी कोई तैयारी और योजना के चिह्न हैं। न ही ऐसे सक्रिय विश्वसनीय मंच रह गए हैं, जहाँ से आह्वान किया जा सके। लेखक संगठनों की तेजस्विता में आ चुकी कमी एक दूसरी बड़ी चिन्ता है। किसी महत्त्वपूर्ण और गहन विचारधारा के प्रक्षेपण में ज़रूरी आक्रामकता, विश्लेषणात्मक अध्ययन और तेज़ी आवश्यक होती है, वह बुद्धिजीवी समाज से फ़िलहाल नदारद होती जा रही है। योजनामूलक कल्पनाशीलता का अभाव है और फ़ासीवाद हमारे सिर पर सवार हो चुका है। वह अब आशंका भर नहीं है, इस समाज का एक भयावह यथार्थ है। अभी हम सब हँस रहे हैं क्योंकि फ़ासीवाद एक कोने में चुपचाप बैठा रियाज़ कर रहा है। हम भूल रहे हैं कि वह नेपथ्य में नहीं, मंच पर ही है।

सरकार एक योजना बनाती है। एक प्रस्ताव लाती है। एक घोषणा करती है। कहीं उसकी मीमांसा नहीं होती। कहीं कोई बहस नहीं है। हज़ारों छेद

वाली एक पाइप लाइन में से पानी बहा दिया जाता है और हम इस बात को रोज़मर्रा की एक ख़बर की तरह पढ़ते हुए शौच के लिए चले जाते हैं। सामाजिक विषमता की खाई, बदहाली, तंगहाली बढ़ रही है और अपेक्षाकृत सुविधाभोगी समुदाय की भूमिका लगातार सन्दिग्ध होती जा रही है। एक मनुष्य की तरह मुझे यह दृश्य परेशान करता है और फ़िलहाल मेरी चिन्ता का एक विषय यह है कि मैं अपनी भूमिका किस तरह सुनिश्चित करूँ कि इस दृश्य में सेंध लगाई जा सके।

4

अवसरवाद, सुविधाओं के लोभ, साहसहीनता—जो मध्यमवर्ग की प्रमुख कमज़ोरियाँ होती हैं, ये अपने विराट होते स्वरूप में हैं और एक बहुत बड़े लेखक समुदाय में, जो इसी वर्ग से है, ये सारे लक्षण अब सतह पर भी दिख रहे हैं। जो बचे हुए हैं, वे रोते-कलपते-झींकते संवेदनशील, भावुक मनुष्यों का ठप्पा लिये समाज के एक उपेक्षित कोने में पड़े हैं। लेखक की गरिमापूर्ण जगह सत्ता के गलियारे में नहीं हो सकती। उसकी उन्नत और यशस्वी जगह प्रतिपक्ष की बेंच पर ही सम्भव है। मैं यहाँ यह सब इस विश्वास के साथ कह रहा हूँ कि इस चिन्ता में शामिल लोगों की एक परोक्ष संख्या ज़रूर ही समाज में मौजूद है, जो इस स्थिति के पार जाने के यत्न में शामिल हो सकेगी।

5

जातिवाद और साम्प्रदायिकता के विरोध में किया गया काम बहुत कम है क्योंकि जो इनके पक्ष में काम कर रहे हैं, वे अधिक तेज़, लामबन्द और अधिक प्रतिबद्ध हैं। प्रगतिशील जनवादी मूल्यों के पक्षधर विचारक-लेखक विभक्त हैं। उनके लगभग असहाय पड़ जाने का एक बड़ा कारण यह भी है कि वे साथ-साथ नहीं हैं। समाज में विचार की श्रेष्ठता स्थापित करने के लिए जितने स्तरों पर, जितनी त्वरा से काम होना चाहिए, वह नहीं हुआ है और इसके लिए कौन ज़िम्मेवार है ? अपनी सूची में एक अपराधी

तो मैं ही हूँ। लेकिन मुझे यह सोचकर दुख और क्षोभ होता है कि मैं अकेला ही अपराधी नहीं हूँ।

6

उधर अख़बारों में, जो अन्यथा संस्कारित करने का काम एक बड़े स्तर पर कर सकते हैं, दीमकें बैठ गई हैं और मालिकों को अख़बार की रचनात्मक शक्ति का ठीक-ठीक पता नहीं है। हित-साधन, पैसे कमाना और प्रभुत्व की कामना—ये अख़बारों के मुख्य उद्देश्य रह गए हैं। लोकतंत्र ऐसा हो गया है कि पूँजीवाद को फलने-फूलने का अवसर दे रहा है। जैसे लोकतंत्र एक छत्ता है, जिसमें श्रमिकों द्वारा पूँजी का शहद एकत्रित किया जा रहा है और एक रानी मधुमक्खी मौज़ कर रही है। ऐसे हज़ारों छत्तों का एक शामिल दृश्य हमारे सामने उपस्थित है। सब तरफ़ चुटकुलों का इतना बड़ा वातावरण है कि एक गम्भीर बात को फच्चड़ की तरह ठोकना पड़ता है। साक्षर लोगों में पढ़ने का चलन नहीं है। और हम सब भौचक्के हैं, मानो अपने आपको परिस्थितियों के हवाले कर चुके हैं!

7

इस समय हिन्दी साहित्य के दृश्य में से कुल जमा दो तरह की ध्वनियाँ उठती चली आती हैं—'अहो! अहो!' और 'हाय! हाय!', इन दो ध्वनियों से ही हमें साहित्य का दृश्य समझना होता है। फुटकर समीक्षाओं को आलोचना का दर्जा दिया जाना शुरू हो चुका है। समीक्षक विचार नहीं कर रहे हैं, वे फ़तवे दे रहे हैं। एक साहित्यिक संस्थान के कवियों, कथाकारों की सूची और दूसरे संस्थान के रचनाकारों की सूची में अन्तर है और जिसका आधार रचनाकर्म की गुणवत्ता नहीं है। प्रायोजित और नियोजित क़िस्म की समीक्षाएँ हो रही हैं। सर्जना का दृश्य एक अजीब मार-काट और काट-कूट का शिकार है। एक चिन्ताजनक स्थिति यह है कि रचनाकारों के बीच आपसी संवाद प्रायः अनुपस्थित है। जो इसकी कोशिश करता है, वह हास्यास्पद हो रहा है। सोचता हूँ कि क्या मैं वाक़ई संचार माध्यमों की वजह से नज़दीक आ गई दुनिया में रह रहा हूँ!

8

साहित्य की पत्र–पत्रिकाओं को देखने पर मन में सवाल उठाता है कि क्या अच्छी–बुरी रचनाओं की पहचान ख़त्म हो रही है अथवा सम्पादन का कार्य किया ही नहीं जा रहा है ? श्रेष्ठ समझी जानेवाली पत्रिकाओं के प्रायः हर अंक में दोयम दर्जे की रचनाओं को ससम्मान ख़ूब जगह मिल रही है। रचना चयन के मामले में सम्पादन की कठोरता और मार्गदर्शी विवेक लगभग ग़ायब है। सम्पादकों और लेखकों के बीच हो सकनेवाला रचनात्मक संवाद भी अनुपस्थित है। पत्रिकाओं के अपने तयशुदा लेखक हो गए हैं। बहुलतावाद में भी 'वैचारिक पारमिता और सर्जनात्मक उत्तेजना' का वातावरण सम्भव हो सकता है, इस दिशा में अभी पत्र–पत्रिकाओं की भूमिका अपेक्षित ही है। यही स्थिति पुरस्कारों को लेकर दिखती है। गिनती के एक–दो पुरस्कार छोड़ दिए जाएँ तो पुरस्कारों का जैसा लेन–देन चल रहा है, पुरस्कारों और सम्मानों का दृश्य मख़ौल भरा हो गया है। इन वजहों से भी इधर बेहतर और ख़राब रचनाशीलता के फ़र्क़ को धूमिल किया जा सका है।

मगर सतह के नीचे रचनात्मकता के कई दृश्य हैं। मुझे यह रचनात्मकता आकर्षित करती है और इस पर मेरा विश्वास है। यही रचनात्मकता मेरा अभीष्ट बने, ऐसा मैं सोचता हूँ और भरोसा है कि ऐसा सोचनेवाले रचनाकारों की अभी एकदम कमी नहीं है।

(वक्तव्य : गिरिजा कुमार माथुर स्मृति सम्मान के अवसर पर–1998)

इस गवाही से बचा नहीं जा सकता

पाठ्यपुस्तकें और देशभक्ति की कविता

1

'देशभक्ति की कविता' के बारे में शिक्षा प्रणाली और पाठ्यपुस्तकों के ज़रिए, एक विशिष्ट लेकिन संकीर्ण समझ दी जाती रही है। इस पूरी समझ में राष्ट्रवाद का उठान और उससे राजनीतिक लाभ लेने की नीयत शामिल रही है। दरअसल, 'देशभक्ति की कविता' की उदार व्याख्या और परिभाषाओं ने आज़ादी आन्दोलन के दौरान रची गई तत्कालीन प्रासंगिक और अंग्रेज़ शासन के ख़िलाफ़ लिखी कविता को कुछ इस तरह अनवरत विराटता और औचित्य प्रदान किया मानो एक ख़ास तरह की कविता ही राष्ट्रीय कोटि की होती है। बाद में पाकिस्तान और चीन से हुए युद्धों और फिर कारगिल संघर्ष ने जैसे बार-बार वातावरण बनाकर पुष्टि की कि सीमा पर लड़ रहे जवानों की यशोगाथा कहनेवाली, उनके संकटों का बयान, उनका हौसला बढ़ानेवाली, भौगोलिक सीमा पर आँच न आने देने की क़समें खानेवाली कविता ही राष्ट्रीय कविता है। यही वह अधूरी समझ है जो स्थापित करना चाहती है कि भौगोलिक सीमाएँ ही राष्ट्र बनाती हैं, उसके भीतर रह रहा समाज राष्ट्र नहीं है। जैसे राष्ट्र सिर्फ़ सीमाओं से बनता है, किसी मनुष्य समाज से नहीं।

2

धर्माधारित राजनीतिक पार्टियों के लिए राष्ट्रवाद एक शानदार 'लांचिंग स्टेशन' है। इस समझ को सामने रखते हुए फिर हर चीज़ का वर्गीकरण किया

गया। एक राष्ट्रीय और दूसरा जिसे तथाकथित अर्थ में राष्ट्रीय न कहा जा सके। कविता में भी यही हुआ। इस 'राष्ट्रीय कविता' को कला, साहित्य की कसौटी पर कभी कसा ही नहीं गया। इस समझ के साथ देखा जाए तो फिर कबीर, तुलसी, मीर, ग़ालिब राष्ट्रीय कविता लिख ही नहीं रहे थे और निराला, मुक्तिबोध, रघुवीर सहाय से लेकर चन्द्रकान्त देवताले, विष्णु खरे, मंगलेश डबराल, राजेश जोशी और कात्यायनी तक तमाम कवियों की कविताएँ राष्ट्रीय कोटि में नहीं आ सकेंगी। जबकि ये तमाम कवि कहीं अधिक गहरे अर्थ में राष्ट्रीय कविता लिखते रहे हैं। अधिकांश समकालीन कविता राष्ट्रीय कविता है क्योंकि वह पूरे समाज, जनपद और आत्म को भी लक्ष्य करती है। बेहतरी का स्वप्न देखती है और इसके लिए वह धरती पर खींची गई रेखाओं का गुणगान या कल्पित गौरवशाली अतीत और जोश का वर्णन करना क़तई ज़रूरी नहीं समझती। वह इन सबसे पार जाती है। दरअसल, हमारी राष्ट्र की समझ जब एक सामूहिक मनुष्य समाज के आधार पर, उसकी मुश्किलों, उपलब्धियों और चुनौतियों को दृष्टिगत रखते हुए बनेगी तो कई संकटों का हल आसान होगा।

3

लेकिन यह आसानी तब होगी जब जातीय श्रेष्ठता और योद्धाओं के गुणगान या भौगोलिक सीमाओं के यशोगान सम्बन्धी शब्द-समूहों को कविता की विशेष कोटि में तब्दील किए जाने का उपक्रम कुछ थमे। अभी हाल यह है कि पाठ्यपुस्तकों और अन्यथा शिक्षा में बच्चों को 'देशभक्तिपूर्ण कविता' या 'राष्ट्रीय कविता' के नाम से एक ख़ास तरह की कविता का परिचय कराया जाता है। फिर सहज ही मान लिया जाता है कि समकालीन राजनीति, अन्याय, भ्रष्टाचार, अनैतिकता, मीडिया, प्रदूषण, प्रशासन, शोषण या घर-परिवार की वृहत्तर मुश्किलों और हमारे समय की वास्तविकताओं को लक्ष्य कर लिखी गई कविता 'देशभक्ति रहित' है या 'ग़ैर-राष्ट्रीय' है। मानो राष्ट्र के दायरे में समाज की ये बातें और समाज के ये लोग आते ही नहीं हैं। इसका सीधा अर्थ यही निकलेगा कि राष्ट्रीय कविता का काम सामाजिक विसंगतियों, अभावों, दुरवस्थाओं को विषय बनाने की बजाय सैनिकों की, स्मारकों की, सत्ता और

राष्ट्रीय प्रतीकों की प्रशंसा करना है। तब तो निश्चित ही 'राष्ट्रीय कविता' की यह एक सामन्ती समझ है जिसका परदाफ़ाश किया जाना ज़रूरी है। जबकि ऐसी कविता महज़ विरुदावली तक सीमित रह सकने को अभिशप्त है।

4

पाठ्यपुस्तकों, तथाकथित राष्ट्रीय फ़िल्मी गानों से प्रारम्भ होनेवाली यह समझ हमें राष्ट्र की एक ग़लत और अधूरी अवधारणा तक पहुँचाती है, इससे राष्ट्रवाद के झाँसे में आना कुछ आसान हो जाता है। फिर देश 'माँ' की जगह ले लेता है और आस्था का ऐसा केन्द्र बन जाता है जिसके बारे में, जिसके प्रतीकों के बारे में, सेनाओं के बारे में कोई भी तार्किक बातचीत या ऐतिहासिक समझ के साथ बात करना लगभग देशद्रोह जैसा प्रतीत हो सकता है। इसी समझ का नवीनीकरण आज़ादी के बाद समय-समय पर आकाशवाणी, दूरदर्शन, मीडिया के अन्य स्वरूपों और शासकीय प्रतिष्ठानों द्वारा साल में कम से कम दो बार किया ही जाता है। इसी के चलते राष्ट्र को एक शाश्वत प्रकृति का तथ्य मान लिया जाता है और महज़ पचास या सौ या दो सौ साल पुरानी सीमाओं की हम याद भी नहीं करते और मानते हैं कि वर्तमान राष्ट्र की भौगोलिक सीमाएँ ही स्थायी हैं और रक्षा योग्य हैं। इन्ही वजहों से 'कविता की राष्ट्रीयता' और 'कविता की सामाजिकता' की समझ गड़बड़ होते-होते यहाँ तक आ गई है कि जो कविता राज्य की सीमाओं की, नीतियों की, युद्धोन्मादी हिंसा, तत्सम्बन्धी नीतियों, पूर्वज राजनेताओं, युद्धकाल में सेनाओं की प्रशंसा करे वही 'राष्ट्रीय कविता' है। फ़िल्मों और गीतकारों ने इस भावुक समझ का ख़ासा व्यावसायिक उपयोग भी किया है।

5

अर्थात् सुभाष चन्द्र बोस, भगतसिंह, महात्मा गांधी या जवाहरलाल नेहरू पर लिखी कविता राष्ट्रीय होगी और दिलीप कुमार, पीटी ऊषा या मदर टेरेसा पर लिखी कविता राष्ट्रीय नहीं होगी। भाखड़ा नंगल बाँध पर लिखी कविता राष्ट्रीय होगी लेकिन नर्मदा बाँध की समस्याओं या विस्थापन को लेकर लिखी

कविता राष्ट्रीय नहीं होगी। फिर यह भी सहज है कि खेल पर राष्ट्रीय कविता लिखना है तो हॉकी पर लिखें और पक्षी चुनना है तो मोर को चुनें। अन्ततः यह समझ वहाँ जाएगी ही कि राजनीतिक या युद्ध के मोर्चे पर काम कर रहे हैं तो राष्ट्रीय काम है लेकिन साहित्य, समाज, संस्कृति, विज्ञान या अन्य मोर्चे पर किए जानेवाले काम राष्ट्रीय नहीं हैं। तब तो थल सेनाध्यक्ष को ही सर्वाधिक 'राष्ट्रीय कार्य' कर रहा व्यक्ति घोषित किया जाना उचित होगा। देश के सर्वश्रेष्ठ वैज्ञानिक, न्यायाधीश, डॉक्टर, इंजीनियर, लेखक, उद्योगपति या समाजसेवी के काम उस तरह राष्ट्रीय नहीं हैं। फिर उस बेचारे की क्या बिसात जो मिस्त्री है, कंडक्टर है, दुकानदार है या फेरी लगाकर सामान बेच रहा है!

6

किसी भी देश में धीरे-धीरे यह राष्ट्रीय समझ बहुसंख्यक जाति की साम्प्रदायिकता में तब्दील हो जाती है। जैसे हमारे यहाँ 'हिन्दुत्व' को ही 'राष्ट्रीयता' की समझ में संयोजित किया जा रहा है। यही समझ अन्धे राष्ट्रवाद की तरफ़ ले जाती है। यदि मान ही लिया जाए कि राष्ट्र मूलतः सिर्फ़ एक भौगोलिक सीमा है तो फिर ज़ाहिर है कि 'वसुधैव कुटुम्बकम्' गहरे अर्थों में एक राष्ट्रविरोधी नारा है या फिर एक साम्राज्यवादी स्वप्न। इस समझ के आधार पर फिर उचित है कि एक सैनिक की बेईमानी को देशद्रोह माना जाए लेकिन एक उद्योगपति, राजनेता, संस्कृतिकर्मी या प्रशासक की बेईमानी को देशद्रोह न माना जाए।

तात्पर्य यह कि एक ग़लत समझ को सही मान लेने से सारी सामाजिक-राजनीतिक-सांस्कृतिक-नैतिक परिभाषाएँ भी नकारात्मक रूप से प्रभावित हो जाएँगी। इस 'राष्ट्रीय समझ' के कारण ही दुष्प्रचार किया जाता है कि मार्क्सवादी विचार से प्रभावित भारतीय लोग देशभक्त नहीं हैं क्योंकि वे एक विदेशी विचारक से संचालित हैं। तब कहना होगा कि श्रीलंका या जापान के लगभग सभी निवासी देशद्रोही हैं क्योंकि वे एक विदेशी विचारक 'महात्मा बुद्ध' से प्रेरित होकर धार्मिक हैं। रिचर्ड एटनबरो अपने देश के प्रति द्रोही हैं कि उन्होंने अपने देशज महापुरुषों का त्याग करते हुए गांधी पर फ़िल्म बनाई। और कम्बोडिया, इंडोनेशिया वग़ैरह में रामलीला आयोजित करनेवाले और वे

जो वहाँ रहकर महावीर, नानक या विवेकानन्द आदि के विचारों के समर्थक हैं लेकिन भारतीय नहीं हैं, उन्हें भी उनके देशों द्वारा राष्ट्रविरोधी मान लिया जाना चाहिए। ज़ाहिर है कि यह समझ पर्याप्त अराजक, अपरिपक्व और मानव विरोधी है। ज्ञान विरोधी तो है ही। चिकित्सा, कम्प्यूटर और यांत्रिकी-विज्ञान की तमाम अवधारणाएँ स्वीकार करते समय भी फिर यही विचार आना चाहिए कि ये तो अन्य राष्ट्रों से प्रसूत हुई हैं और इन्हें अपनाकर राष्ट्रविरोधी हो जाएँगे।

7

सच्ची कविता अपने स्रोत, उद्‌गम और प्रस्थान से ही मनुष्य और समाज-सापेक्ष होती है, जितनी स्थानीय होती है उतनी ही वैश्विक होती है और वही उसकी राष्ट्रीयता है। उसकी अलग से कोई 'राष्ट्रीय' कोटि नहीं होगी क्योंकि राष्ट्र मूलतः एक मनुष्य समाज है। इसलिए राष्ट्रीय कविता का अर्थ सुजलाम् सुफलाम् या वीरों की स्तुतिगान तक सीमित नहीं किया जा सकता। ऐसी कविता भी, यदि कविता है तो, सिर्फ़ कविता ही होगी। जातिप्रथा, रंग-भेद, लिंग-भेद, कुरीतियों, अन्धविश्वासों, कूपमंडूपताओं, साम्प्रदायिकता और असमानताओं पर लिखी गई कविताएँ भी राष्ट्र-सापेक्ष और राष्ट्रीय होती हैं। क्योंकि वे एक बेहतर, मानवीय, स्वस्थ, वैज्ञानिक और अन्याय रहित समाज के पक्ष में खड़ी हैं, अपने राष्ट्र के भीतर-बाहर उठनेवाले राजनीतिक-सामाजिक-सांस्कृतिक सवालों और हलचलों से टकराती हैं, उनसे प्रतिकृत होती हैं और तथाकथित 'राष्ट्रकवियों' की कविता से अलग अधिक वास्तविक सवालों को उठाती हैं, उन पर विमर्श सम्भव करती हैं। अपनी काव्यकला के साथ, संवेदना और भाषा की शक्तियों के साथ। या यों ही अपनी गहन व्याकुल प्रखरता के साथ। वे ही सच्ची राष्ट्रवादी कविताएँ हैं।

(1999)

औद्योगिकी, भाषा और सृजन

हम एक औद्योगिक समाज में रहते हैं, शायद इतना कह देना काफी नहीं है। बल्कि हम दिन-प्रतिदिन एक अधिक औद्योगिक होते जा रहे समाज में रह रहे हैं, ऐसा कहकर ही सापेक्ष सत्य और निरन्तरता को प्रकट किया जाना सम्भव है। इस तरह, औद्योगिक निरन्तरता के विकास और उसके मनुष्य जीवन पर ख़तरों और सम्भावनाओं को भी अन्तर्निहित किया जा सकता है। ख़ासकर उन्नीसवीं सदी के उत्तरार्द्ध से आज तक इतनी अधिक वैज्ञानिक खोजें, आविष्कार और तकनीकी बदलाव हुए हैं कि यह कहना अधिक सार्थक होगा कि हम पल-प्रतिपल एक अधिक औद्योगिक होते हुए समाज में रह रहे हैं। अब यह जानकर किसी को आश्चर्य नहीं होता है कि सुबह 8 बजे ईजाद की गई तकनीक को रात 8 बजे एक दूसरी नई ईजाद की गई तकनीक से प्रतिस्थापित कर दिया गया है। एक ऐसी दुनिया में जहाँ उद्योग तकनीक पर बुरी तरह निर्भर हों और तकनीकें बहुत तेज़ी से बदलकर औद्योगिक स्थितियों और उनकी योजनाओं को लगातार बदल रही हों, वहाँ सृजन और भाषा के सम्बन्धों पर बात करना एक जटिल प्रक्रिया तो है ही, वह अधिक सावधानी की माँग भी करती है क्योंकि औद्योगिक बदलाव और उनके फलन साहित्य में उसी गति से नहीं आते हैं। वे कुछ धीमी गति से आते हैं एवं एक निश्चित या निर्णायक से दीखनेवाले रूप में आते-आते अपना समय लेते हैं क्योंकि साहित्य तकनीकी और वैज्ञानिक स्रोतों से अपनी ऊर्जा सीधे-सीधे ग्रहण नहीं करता, वह अपने समय के समाज और जीवन से पैदा होता है। इसलिए यह प्रश्न कि 'औद्योगिकी का रिश्ता भाषा और सृजन के साथ क्या है', एक

रचनाकार के पास समाज से गुज़रकर आता है। औद्योगिकी जैसा प्रभाव मनुष्य पर और समाज पर डालेगी, वैसा वह विभिन्न छलनियों से गुज़रता हुआ साहित्य में भी आएगा। किन्तु एक शताब्दी से भी अधिक पुराने हो चले इस उत्तर-औद्योगिक हो गए समाज में इन प्रभावों को जानने के लिए विशाल और श्रमसाध्य प्रयास की ज़रूरत होगी, इस सन्दर्भ में यहाँ विचारित कुछ बिन्दु एक तरह का अत्यल्प प्रयास हैं।

दूसरे, यह नहीं भूलना चाहिए कि हम एक ही समय में रहते हुए भी अलग-अलग स्तर के औद्योगिक समाजों में रह रहे होते हैं। बम्बई, कानपुर, बैंगलोर, सूरत, इरोड, झाबुआ, गुना, सुलतानपुर या किसी गाँव का समाज एक ही तरह से और एक-सा ही औद्योगिक समाज नहीं है। इसलिए बहुत सारी बातें सामान्य तौर पर सभी के लिए एक तरह से लागू की जानी सम्भव नहीं। फिर भी कुछ मोटी बातें ऐसी हैं जो सब दूर एक तरह से मुमकिन हैं। रेल, मोटर, टेलीविज़न, फ्रिज, अख़बार, रेडियो, पंखा, नए प्रकार की कुर्सी आदि चीज़ें भले ही अपने अन्तिम रूप में उपभोक्तावादी चीज़ों के रूप में वर्गीकृत की जा सकती हों मगर वे एक औद्योगिकी की ही देन हैं और कुछ पूर्व-चीज़ों को, पूर्व-तकनीक को प्रतिस्थापित करती हुई आई हैं। एक तरह के समाज को प्राचीन समाज में बदलती हुई आई हैं अतः अपना प्रभाव साहित्य, भाषा और सृजन पर छोड़ने में सफल हुई हैं। उदाहरण के लिए, मैंने सालों से चूल्हे पर सिंकी रोटी नहीं खाई है। मेरे जीवन में मेरे घर-परिवार के सदियों पुराने चूल्हे को कुकिंग गैस ने प्रतिस्थापित कर दिया है। अब चूल्हा एक शाश्वत या निरन्तर रूप में मेरी शब्दावली से बाहर हो चुका है। वह सिर्फ़ स्मृति में है और यह स्मृति भी लगातार कमज़ोर पड़ती जाएगी। कुकिंग-रेंज और माइक्रोवेव, ओवन जैसी नव्यतम चीज़ें इस स्मृति पर तह जमाएँगी। जब इस तरह चीज़ें लगातार प्रतिस्थापित की जा रही हों, उनके मायने और प्रभाव बदल रहे हों तो वे हमारी भाषा को भी प्रभावित कर रही होती हैं। कई नए शब्द जुड़ रहे होते हैं और अनेक ग़ायब हो रहे होते हैं। कइयों के अर्थ और उनकी दीप्ति इतनी अधिक भिन्न हो जाती है कि हम सिर्फ़ हतप्रभ हो सकते हैं। तकनीकी शब्द देश और भाषाओं के भी बैरियर्स तोड़ देते हैं। एक तकनीकी शब्द प्रायः ही देश और भाषाओं के पार अक्षुण्ण रूप में चला जाता है और वहाँ के समाज में और वहाँ से उस भाषा की रचनाशीलता में। (हिंग्लिश का बढ़ता हुआ

दायरा भी यहाँ याद आ सकता है।) इससे भाषा में शब्द बढ़े हैं मगर वे उन शब्दों की तरह नहीं हैं जिनका अपनी भाषा में एक इतिहास होता है; चलन से उत्पन्न एक व्यंजनामूलक और जीवन से सम्पृक्त अर्थवत्ता होती है। अधिकांश तकनीकी शब्दों की उम्र कम होती है क्योंकि वे अगली तकनीक और उसकी शब्दावली से या तो प्रतिस्थापित कर दिए जाते हैं या उनके सामने पुराने पड़ जाते हैं। इसलिए तकनीक और औद्योगिकी से आए कई शब्द एक अस्थायी, लम्बे इतिहास रहित, भाषा से जोड़ते हैं और उनमें से कुछ काफ़ी दूर तक चले आते हैं। यह रचनाकार की चिन्ता का विषय हो सकता है कि कैसे इन नए शब्दों का उपयोग करे तथा वर्तमान शब्दकोश को, उसके शब्दों के प्रकाश को मद्धिम न होने दे। यह चिन्ता मूलतः एक औद्योगिक समाज के सर्जक की निरन्तर चिन्ता भी होगी।

प्रिंट और अख़बार के उद्योग ने अपने जन्म के साथ ही भाषा तथा सृजनकर्ता पर एक बड़ा प्रभाव डाला। क्योंकि उसके साथ रचनाकर्म को एक व्यापक लिखित और नियमित पढ़ा जानेवाला मंच मिला, साथ ही पत्रकारिता की विशाल शब्दावली का जन्म होना शुरू हुआ। वाचिक साहित्य और लिखित साहित्य का फ़र्क़ सौ साल पुरानी कविता और आज की कविता में गहराई से महसूस किया जा सकता है। औद्योगिकी ने 'फॉर्म' बदलने में इस तरह एक भूमिका जाने-अनजाने निभाई है। यह प्रिंट की ईजाद ही थी जिसने मनुष्य की याददाश्त के महत्त्व को कम किया और 'श्रुति', 'स्मृति' और अन्य पारम्परिक तरीक़ों से रक्षित आ रहे साहित्य को नए तरह से रक्षित कर देने का आश्वासन दे दिया। इस बात के तमाम फ़ायदे भी हुए। शब्दों और भाषा के व्यापक मानकीकरण की प्रक्रिया यहीं से शुरू हुई। भाषा में क्षेत्रीयता की गन्ध बचाए जाने के प्रयास शुरू हुए और आज तक चले आ रहे हैं। किन्तु बड़े स्तर पर भाषा एकसेपन की शिकार भी हुई और रचनाकार के सामने कुछ नई चुनौतियाँ पैदा हुईं।

इसलिए यहाँ उठाए गए मूल प्रश्न का एक ही उत्तर हो सकता है कि हाँ, औद्योगिकी ने हमारे समाज और साहित्य को लगातार प्रभावित किया है। भाषा समृद्ध हुई। मानकीकरण की प्रक्रिया शुरू हुई और कुछ देसी शब्दों को चबा गई। ऐसे शब्दों को बचाए रखने की कोशिश साहित्य में होती रही है। यह कोशिश दो स्तरों पर होती है। जहाँ एक ओर औद्योगिकी की प्रचलित

शब्दावली को काम में लाया जाता है, वहीं दूसरी तरफ़ अपने समाज के पूर्वज शब्दों को बचाने की कोशिश की जाती है। दोहरे स्तर की यह प्रक्रिया कविता में अधिक दिखाई पड़ती है, कविता में अन्तर्निहित अधिक संवेदनशीलता के कारण यह वेग स्वभावतः अधिक हो जाता है। साहित्य में यह कोशिश, औद्योगिकी के नकारात्मक प्रभावों से लड़ने की, कुछ हद तक सुविचारित और काफ़ी हद तक सहज रचनात्मकता की तरह होती है। क्योंकि साहित्य मूल्यों तथा स्मृति की रक्षा करते हुए भाषा की रक्षा करता है और उसे नया भी बनाता है। किसी भी समय के यांत्रिक एवं औद्योगिकीकरण के कुप्रभावों के विरुद्ध वह खड़ा हो जाता है। यह सृजन की नियति भी है।

औद्योगिकी कई बार वृहत् स्तर पर हमारे जीवन का हिस्सा हो जाती है और जब तक अन्यथा विचार न किया जाए, वह हमें औद्योगिकी का परिणाम ही नहीं लगती। जैसे रेल। वह हमारी दिनचर्या में है, हम उसे जीवन और अपने प्रत्यक्ष समाज के सहज अविभाज्य हिस्से के रूप में स्वीकार कर चुके हैं। इस तरह कई औद्योगिकियाँ हमारे जीवन में स्थायी और एक प्राकृतिक क़िस्म की जगह बना चुकी हैं। उनसे उत्पन्न भाषिक अर्जन ही नहीं, उनकी सहोदरा उपस्थिति के बिम्ब में उसी प्रकार आते हैं जैसे प्रकृति, मनुज सम्बन्धों या सामाजिक प्रवृत्तियों के बिम्ब। 'रेलवे-प्लेटफॉर्म', एक शब्द के रूप में लगभग सवा सौ साल से ही हमारे सामने है किन्तु आज 'प्लेटफॉर्म' शब्द मात्र से कितनी जीवन-छवियाँ और कितनी स्मृतियाँ हमारे समक्ष उपस्थित हो जाती हैं! यही नहीं, रेलवे कॉलोनी, रेल यूनियन जैसे वर्ग-समाज भी बने हैं, कभी जिनकी उपस्थिति समाज में सोची ही नहीं गई थी। यह सब एक औद्योगिकी की ही देन है लेकिन ऊपरी तौर पर एक औद्योगिकीजन्य समाज नहीं लगता। वह एक स्वीकृत, घुले-मिले समाज की तरह साहित्य में आता है। यों भी औद्योगिकी का प्रभाव साहित्य में औद्योगिकी या तकनीकी की ही भाषा में आए, ऐसा प्रायः नहीं होता है। विचारों का बदलना, मान्यताओं का भंग होना, दृष्टि परिवर्तन, नई मान्यताओं का स्वीकार्य होना, जीवन की क्रियाओं में बदलाव या समाज में व्यवहार के तरीक़ों का बदल जाना आदि-आदि बातें, औद्योगिकी के समाज पर पड़नेवाले वे प्रभाव हैं जो किंचित् समय लेते हैं और समाज-जीवन से होते हुए साहित्य में आते हैं। भाषा और सृजन को कई स्तरों पर प्रभावित करते हैं। रेल उद्योग की जगह हम कपड़ा उद्योग, कृषि उद्योग,

प्लास्टिक उद्योग, सॉफ्टवेयर उद्योग, बैंक उद्योग, डेयरी उद्योग या कोई भी लघु उद्योग अथवा विशाल उदाहरण सामने रख लें, जिनमें एक औद्योगिकी लगातार शामिल हुई है; तो अनेक बातें इस शृंखला में स्वतः ही स्पष्ट होती जाएँगी। उनमें एक यह भी होगी कि प्रबन्धन और ट्रेड यूनियन जैसे सम्बन्धों ने समाज में प्रवेश किया। इससे वर्ग-भेद जैसी चीज़ें अधिक तीखी हुईं। किसान हो या जुलाहा, जो औद्योगिकी का लाभ नहीं ले सका पुराना पड़ गया, पिछड़ गया। इन बदली हुई छवियों ने सृजन और भाषा को कई स्तरों पर प्रभावित किया क्योंकि जीवन-स्थितियों में गहरा फ़र्क़ आया। इसलिए सृजन पर जो प्रभाव आया है वह 'कम औद्योगिक से अधिक औद्योगिक' होते गए 'समाज और जीवन' को लक्षित करता हुआ आया है। अस्तु, आज के लेखन में एक उत्तर-औद्योगिक समाज का वैसा विवरण, चित्रण और भविष्य मौजूद है, जैसा कि वह वस्तुतः समाज के मानस में है। अमानवीयता, कमतर होता मनुष्य, यांत्रिकता, आशंका, ध्वंस, भौतिक प्रगति, आविष्कार-उल्लास, रहस्य भेद देने का साहस, अकेले होते जाने की व्यथा, नई जानकारियों से उत्पन्न भय और आश्वस्ति, प्रदूषण, मीडिया का दख़ल, रिश्तों का अभाव, संयुक्त परिवार की स्मृतियाँ, व्यस्तता, जल्दबाज़ी, नागर जीवन की बीमारियाँ, अन्तरिक्ष और कम्प्यूटर का मायाजाल आदि लाखों नए प्रत्यय साहित्य में तेज़ी से आए, जो या तो सीधे औद्योगिकी की देन थे या उनके परोक्ष रूप से प्रभाव अथवा कार्य-कारण। द्रष्टव्य है कि 'तकनीकी' और 'ग़ैर-तकनीकी' इन दो हिस्सों में बँटते जा रहे समाज की ऐसी कल्पना कुछ सालों पहले नितान्त असम्भव थी क्योंकि यह तकनीकी समाज वैसा नहीं है जैसा पन्द्रहवीं सदी में एक बढ़ई या सुनार के रहते होता था। औद्योगिकी ने उसे विशिष्ट और मूल्यवान बना दिया है और ग़ैर-तकनीकी होना आज एक तरह का हीनताबोध जगाने में सक्षम है। यही नहीं, जो चीज़ें 'औद्योगिकी' के दायरे में विचारणीय नहीं थीं, वे अब एक उद्योग हैं। दो ही उदाहरण काफ़ी होंगे—सराय होटल में बदल गई और अब होटल एक व्यवसाय है। उद्योग है। उसमें औद्योगिकी के कई आयाम शामिल हो चुके हैं। दूसरा—विज्ञापन जो व्यवसाय की सीमा से बाहर निकलकर औद्योगिकी का उपयोग करते हुए विशाल उद्योग बन चुका है और इसके ज़रिए जिन चीज़ों की व्यवस्थित बिक्री कभी असम्भव थी, वे भी बिक रही हैं। उनका बाज़ार है। पानी के 'पाउच', बोतल और ग़ैर-ज़रूरी प्लास्टिक के

कई सामान ऐसे ही उदाहरण हैं। उद्योगजन्य विकास की असमानता के सवाल ने भी समाज को विभाजित किया है। इस तरह, हज़ारों प्रश्नों और परिस्थितियों ने समाज को, रचनाकार को और साहित्य को अनेकानेक स्तरों पर वैसा नहीं रहने दिया, जैसा कि वह औद्योगिकी के अभाव में हो सकता था।

यहाँ एक विचारणीय बिन्दु और। वह यह कि आज 'समय' का तत्त्व महत्त्वपूर्ण और निर्णायक होकर एक वस्तु में बदल चुका है। आप किसी को समय दे रहे हैं, या ले रहे हैं अर्थात् जहाँ समय ख़र्च हो रहा है, उसका मूल्य है। आर्थिक पद में मूल्य है। इसका दूसरा संलग्न पक्ष यह है कि औद्योगिकी ने ऐसी सुविधाएँ दी हैं जो समय बचा सकें। यही नहीं, वह लगातार ऐसे आविष्कारों में जुटी हुई है जो 'लागत-समय' की बचत कर दे। चाहे वह यात्रा में लगनेवाला समय हो, खाना बनाने में, उत्पादन में ख़र्च होनेवाला समय हो या फिर गणना में खर्च होनेवाला समय। इसलिए अब समय एक बिकाऊ प्रॉडक्ट है और प्रायः ही, एक व्यक्ति को 'उसका अपना ही समय' बेच दिया जाता है। आप बस या ट्रेन से यात्रा करने की बजाय जब हवाई यात्रा करते हैं तो अपने ही समय को बचाने के लिए उसका काफ़ी अधिक मूल्य देते हैं। यह कार्य औद्योगिकी ने कर दिखाया है। प्रसन्नता की बात यह है कि औद्योगिकी ने 'विचार में लगनेवाले समय' ख़ासकर मौलिक सर्जनात्मक विचार में लगनेवाले समय में अभी हस्तक्षेप नहीं किया है। मनुष्य समाज, रचनाधर्मिता और सृजन के लिए, यही आश्वस्ति है।

(1996)

कवि की मुश्किल ही कविता की मुश्किल है

मुझे यह उम्मीद या भ्रम है कि प्राय: हम सब इस बात पर सहमत हो सकते हैं कि साहित्य, ख़ासतौर पर कविता, अपने समाज का वर्णन, प्रतिबिम्ब या आख्यान भर नहीं है, वह विशेष सर्जनात्मक अर्थों में अपने समाज का प्रत्याख्यान है, स्वप्न है, प्रतिसंसार है। सम्भव बेहतर मनुष्य और बेहतर दुनिया का प्रस्ताव है और इसी मायने में वह सर्जना है, स्मृति है, कल्पना है, उड़ान है, प्रतिरोध है, चाहत है और इसके अपने तर्क हैं जो कला के तर्क हैं और जीवन के भी। अन्तरिक्ष में विचरण करते हुए, कल्पनालोक में विचारमग्न होते हुए भी वह अभौतिक नहीं है। वह एक ऐसे थलचर की आकांक्षा है जो एक साथ जलचर और नभचर भी हो जाना चाहता है, वह एक सजग और तार्किक रूप से कलात्मक परिणति है, वैचारिक और संवेदनशील समुच्चय है। वह एक ऐसा यूटोपिया है जो मनुष्यता द्वारा वरेण्य है और जिसे सम्भव प्रतीत करना सदैव कविता की हद में है, स्वभाव में है। यदि कविता अपने कुल प्रयास में, समूचे रूप में यह सब नहीं है और केवल रंजन का विषय है या भाषा का कौशल मात्र, तो उसकी उपस्थिति सन्देहास्पद मानी जा सकती है।

हिन्दी की प्रगतिशील–जनवादी कविता की वर्तमान अवस्था पर निगाह डालने से पता चलता है कि उपरोक्त में से एक–दो पोषक तत्त्वों की कमी उसके स्वास्थ्य में दिखने लगी है। ख़ासतौर पर कविता की संरचना में से प्रतिसंसार की कल्पना, बेहतर दुनिया का प्रस्ताव और वैचारिक पक्षधरता

के खनिज कम होते जा रहे हैं। ज़ाहिर है कि उसके राजनीतिक स्वरूप और राजनीतिक समझ की प्रखरता में कमी आ रही है। भाषा और बिम्बों को विचार का वाहक बनाए जाने की जगह, उनका उपयोग किसी ओट की तरह किया जा रहा है। महत्त्वपूर्ण प्रगतिशील कविता कभी भी कलाविहीन नहीं रही है, बल्कि उसने अपनी रचनात्मकता के ज़रिए कला के नाम से किए जानेवाले कलावादी व्यवहार की पोल खोली है। उसने दर्शाया है कि एक अच्छी कविता एक अच्छी कला का उदाहरण भी होती है और वैकल्पिक महत्त्वाकांक्षा भी। वह महत्त्वपूर्ण इसलिए होती है कि उसमें वैचारिक उत्प्रेरण, व्यग्रता और संवेदनशीलता के अवयव अपने आवेग में समुपस्थित हो जाते हैं। वह भाषा में खेल करते हुए भी अपनी स्वप्नशीलता को विस्मृत नहीं करती है। प्रेम, अवसाद या अकेलेपन को भी वह अपने समाज से प्रतिकृत करती है। उसके लिए निजी भी एक व्यापक सार्वजनिक, सामाजिक सन्दर्भ है। प्रगतिशील कविता की यह दृष्टि उसकी उपलब्धि या ताक़त कही जा सकती है। कला जीवन के अनन्त आयामों में विन्यस्त है।

इसलिए ही समाज के प्रश्न, यथा—ग़रीबी, अशिक्षा, बेरोज़गारी, शोषण, जातिवाद, अन्याय, दासता जैसे अकादमिक सवाल हों, मनुष्य के अपने व्यक्तिगत छोटे-बड़े दुख, संत्रास, यातना, मृत्यु अथवा उत्साह, उत्सव, प्रसन्नता, भावुकता के प्रसंग हों अथवा स्त्री, दलित, विकास-योजनाओं, नागरिकता, लोकतांत्रिकता, स्वतंत्रता, उत्तर-आधुनिकता के विमर्शात्मक विषय हों, वह अपनी जनप्रतिबद्ध और व्यापक सामाजिक दृष्टि के साथ ही अपने होने को सम्भव करती रही है। उसने कभी मनुष्य की मुश्किलों को, अस्तित्व के संघर्ष को और अपने होने को नियतिवाद में अथवा अकर्मक उम्मीद में या भाषा के पेचो-ख़म और मानवतावाद वग़ैरह की आड़ में नहीं छिपाया। यहीं उसकी वह समझ उभरती है कि यह दुनिया, यह प्रस्तुत समाज एक ऐतिहासिक परिघटना है, जो धीरे-धीरे घटित हुआ है। उसने इस व्याख्या को पुष्ट किया है कि कविता सहित तमाम कलाएँ मनुष्य की कल्पनाशीलता और सर्जनात्मकता की पर्यायवाची हैं लेकिन वे 'ध्यान-योग' जैसी महज़ अकेले में की जानेवाली साधनाएँ नहीं हैं। कला समाज के बीचोबीच बैठकर की जानेवाली कार्यवाही है। रचना में स्थापत्य

ठीक है, उदासी एवं ऊब के लम्बे गलियारे भी अच्छे हैं मगर कुछ जगह रहने की, गुज़र करने की, मौसमों से बचाव के लिए भी ज़रूरी होती है। रचनाशीलता के स्रोत गहरे तौर पर सामाजिक और मनुष्यधर्मी होते हैं। इस दृष्टि से पिछली आधी सदी से अधिक समय से समकालीन हिन्दी कविता का बहुलांश वैज्ञानिक-दृष्टि का प्रतिनिधित्व करता रहा है और इससे उत्पन्न राजनीतिक चेतना का भी।

हिन्दी कविता में इसी दृष्टि, समझ और इसी राजनीतिक चेतना में इधर आई कुछ कमी का सवाल यहाँ उठाया जा सकता है। क्या यह सर्वग्रासी पूँजीवाद के प्रभाव का परिणाम है कि उसने अपने 'चुपचाप और मनुष्य विरोधी सांस्कृतिक तरीक़ों से' प्रतिरोध कर सकनेवाली तमाम कलाओं की जगह मनोरंजनधर्मी कलाओं को रख दिया है। हम यह भी जानते हैं कि कविता प्रतिरोध का सांस्कृतिक औज़ार है लेकिन इधर ऐसा प्रतीत हो रहा है मानो अब वह न केवल हाशिये पर है बल्कि हाशिए पर बने रहने का उत्सव भी मना रही है और अब तो उसकी नीयत पर ही प्रश्न है। उसकी वह निर्बल चीख़, वह करुण पुकार, वह प्रतिरोधात्मक इनकार और वह कामना, जो मनुष्य के पक्ष में द्युति की तरह चमकती रही, वही जैसे अब किसी पराभव में बदलती दिखती है। इन सारे सरोकारों से दूर होते जाना भी तो असहाय होते जाने की दिशा में गमन ही है। कई बार सूचना मिलती है कि कवि घोषित प्रगतिशील है लेकिन उसकी रचना और उसके जीवन से इसकी पुष्टि नहीं होती।

इसका एक कारण यह भी हो सकता है कि कविता की पृष्ठभूमि में, उसके अपने समाज में 'एक्टिविज़्म' कम होता जा रहा है। वैकल्पिक चेतना का क्षरण हुआ है और युवतर कविता भी प्राय: ग़ैर-राजनीतिक होने के लक्षण दिखा रही है। उसका सौन्दर्य शिल्प एवं भाषा के आग्रह तक सीमित होता जा रहा है। समतावादी स्वप्न के प्रति विश्वास में आई कमी और कुछ देशों में वामपन्थ की राजनीतिक विफलता ने मानो उसे दुविधाग्रस्त और अकेला कर दिया है। समाज के सामूहिक स्वप्न सर्जना को शक्ति देते हैं। अतएव आज कविता से यह उम्मीद की जानी ज़्यादती नहीं है कि जब सब तरफ़ से निराशाजनक समाचार हों, प्रतिरोध के गढ़ टूट रहे हों, विचारधारा में पलीता लगाया जा रहा हो तो कविता मनुष्य की मुक्ति के सपने को अपने

भीतर आश्रय दे, विमर्श की जगह दे और जीवन की ऐतिहासिकता में से, निरन्तरता में से उन प्रसंगों को समुचित स्थान दे जो 'एक नए और मनुष्य-पक्षधर समाज के विकल्प' को धूमिल होने से रोक सकें।

यह भी विचारणीय होना चाहिए कि हमारे कवियों का जीवन आख़िर कैसा है? मुक्तिबोध ने कवियों के जिस आयुष्यक्रम को लेकर चिन्ता व्यक्त की थी, यानी जीवन की सुविधाओं का शनैः-शनैः संचय और विस्तार, वह इधर और पुख़्ता होता चला गया है। कुछ कवियों के लिए तो वह ध्येय है। संक्षेप में कहा जाए तो मध्यवर्गीय लोलुपता और मौक़ापरस्ती के उल्लेखनीय उदाहरण हमारे समय के कवियों में उपस्थित हैं। साथ ही, वे अपने जीवन में वामपन्थी विचार के अध्येता और विश्लेषक नहीं रह गए हैं। और हम देख सकते हैं कि इस अपढ़ स्थिति के लिए कई जगह वे आलोचना के नहीं, गर्व का विषय हैं। यहाँ कविता की आकांक्षा और कवि की आकांक्षा में गहरी फाँक दिखाई दे सकती है।

इन सब वजहों से यह तो होना ही है कि दलित-लेखन जाति-विशेषों के प्रसंग में किया जानेवाला मुद्दा भर रह गया है, वह वर्ग को या वर्ग की समस्याओं को रेखांकित नहीं कर रहा है। वर्ग-चेतना निर्मिति से उसका कोई सम्बन्ध है या नहीं, इस पर विचार लगभग अनुपस्थित है। इसी तरह से कविता में स्त्री-विमर्श महज़ देह का विमर्श होता जा रहा है। यहाँ पारिवारिक, आर्थिक और वर्गीय दृष्टि से विचार एक किनारे हो गया है। बच्चों की मुश्किलों पर, अन्याय, शोषण, नागरिक-समाज की कठिनाइयों पर, भावुक, संवेदनशील दृश्यों की भरमार कविता में है लेकिन उनके कारकों पर, पृष्ठभूमि पर, बदलाव की ज़रूरत पर विमर्श लगभग ग़ायब होता जा रहा है। कविता निबन्ध नहीं है मगर संवेदनशीलता और कला के साथ-साथ उसमें सजग और वैचारिक कवि-मानस तो है ही।

आज जब हिन्दी समाज में कवि की आवाज़ उस तरह विद्यमान नहीं है कि अधिसंख्य जनता उसे ध्यानपूर्वक सुन सके तथा उसकी उपस्थिति हाशिये में भी सिकुड़ती चली जा रही है, तब कवि की निष्ठा, पक्षधरता और दृष्टि-सम्पन्नता की बात करना, शायद अधिक प्रासंगिक है। यहीं इस विश्वास की परीक्षा भी होनी है कि समाज में, सिकुड़ी हुई जगह से भी केन्द्रक पर निगाह रखी जा सकती है, उसे हिलाया-डुलाया और खिसकाया जा सकता है। उस

समाज को बदलने का सपना देखा जा सकता है जो अपने प्रस्तुत रूप में पूँजी-केन्द्रित ही नहीं पूँजी-पिपासु भी है और इस वजह से अमानवीय, अन्यायी और निष्ठुर है।

वह सुन्दर संसार का सपना ही नहीं देखती है बल्कि जानती है कि इसे कैसे सुन्दर बनाया जा सकता है और इसके रास्ते में कौन-सी चीज़ें, कौन-सी स्थितियाँ और शक्तियाँ आड़े आती हैं। और यह भी कि उसका पक्ष क्या है। इन प्रश्नों पर जब कवि मुश्किल में रहता है तो कवि की वे सारी मुश्किलें ही कविता की मुश्किलों में बदल जाती हैं।

(2003)

सदी के अन्त में कविता

सदी यदि समय के एक खंड की इकाई है तो यह एक कल्पित इकाई भी है। एक गणितीय सूचना है। एक वास्तविक सी कल्पना जिसे गणित विज्ञान और खगोलिकी का ऐसा धरातल मिला है, जो उसे यथार्थपरकता के भ्रम का फलक प्रदान करता है। हमारी आकाशगंगा के, हमारे हिस्से में हमारे सूर्य का होना, और उस पृथ्वी का होना जहाँ विकसित मस्तिष्कधारी मनुष्य का अस्तित्व है, 'समय के भ्रम पर' जीवन के यथार्थ की एक नई सत्ता का निर्माण कर देता है। समय तो निर्वात है। और मज़ेदार बात यह है कि वह बीत रहा है। आइंस्टाइन की व्यतीत आँखों में शरारत भरी मुस्कराहट है, जिसने इसी सदी में ही समय की खिल्ली उड़ाई और उसे महत्ता भी दी। मैं कविता और सदी की बात करते हुए $E = mc^2$ का भी स्मरण करना चाहूँगा।

ग्लोबल ईसवी सदी का यह आख़िरी साल 1999 में नहीं बीत रहा है। यह एक साल बाद बीतेगा। आपाधापी इतनी है कि गिनती 99 पर ही पूरी की जा रही है। बैंक का कर्मचारी होते हुए भी मैंने आज तक नोटों की ऐसी गड्डी नहीं देखी, जिसे 99 होने पर ही पूरा मान लिया गया हो। इस तामझाम में कुछ सूझ नहीं पड़ रहा है। यह वह गणित नहीं है, जो एक सौ पूरा होने पर शताब्दी की सूचना दे। इसमें उपभोक्तावादी, आर्थिक उदारतावादी समय और बाज़ार के लिए एक साल की बागड़ फाँदने का उपक्रम शामिल है। बहरहाल, भारतीय गणना के हिसाब से अभी सदी बीतने में और 43 बरस शेष हैं। इस गणना से

देखें तो हम अभी एक और सदी के बीचोबीच खड़े हैं। हम भारतीय अभी मँझधार में हैं। प्रसंगवश ही सही, मुझे पंचांग की सदी ज़्यादा सच्ची सूचना देती नज़र आ रही है। विकास के क्रम में, मनुष्य समाज की मुक्ति के सन्दर्भ में और विज्ञान तथा दर्शन के सन्तुलन के परिप्रेक्ष्य में हम भारतीय अभी किसी सम्भव शताब्दी के ठीक बीच में खड़े हैं। कम्प्यूटर पर मढ़ा हुआ स्वस्तिक, ओलावृष्टि से बरबाद हो गई फ़सलों की ख़बर के बीच बढ़ते शेयर के भाव, इलाहाबाद के संगम पर पूरे देश की वंशावलियाँ काँख में दबाए घूमता हुआ पंडा, अख़बारों में छपती भविष्यवाणियाँ, जातियों की गिरोहबन्दी, आधुनिकतम चिकित्सा विज्ञान की खोजों के बीच साधारण ज्वर से मरता हुआ आदमी, एक समुदाय गायत्री मंत्र के जाप में जुटा हुआ, स्त्रियों पर वैसा ही अधिकार जैसा भूखंड पर, भीषण क़िस्म के शादी-विवाह—इन सबके बीच अभी हम एक भँवर में ही खड़े हैं। एक समूह चीख़-चीख़कर कह रहा है कि हमें अब से दो हज़ार साल पहले से भी पहले पहुँच जाना चाहिए क्योंकि विकसित सभ्यता वहीं है। वहीं धन-धान्य हैं और वहीं परमाणु आयुध और पुष्पक विमान भी। विज्ञान आया और वैज्ञानिक दृष्टि न आई। भारत जैसे अनेक विकासशील देशों में ऐसी ही कथा है। जहाँ आदिवासी, ग्रामीण और शहरी समाज में बँटी हुई पच्चीस तरह की अविकसित, अर्द्धविकसित सभ्यताएँ निवास कर रही हों, वहाँ शताब्दी के अन्त में न तो यह सब उपलब्धि की तरह देखा जा सकता है और न ही आकलन के लिए निर्णायक समय आ जाने की निगाह से।

अब ये ही सब बातें मैं कविता के बारे में कहना चाह रहा हूँ क्योंकि जीवन से अलग कविता के बारे में कुछ कहा भी नहीं जा सकता। वह तो किसी विशेषज्ञ के रूप में विस्तृत लेकिन सीमित बात करना होगा। मुक्तिबोध जैसे विचारशील कवि ने नाना प्रकार से कहा है कि जीवन विवेक ही काव्य विवेक होता है। जीवन की अनन्त भंगिमाओं और उनकी जीवनियों का संक्षेपीकरण ही कविता में होता है। कविता जीवन की ही लय है। और हमारा यह जीवन, जैसा कि शताब्दी के अन्त में है, अभी अमानुषिक अवशेषों से बुरी तरह घिरा हुआ है। पूँजी ने सब कुछ बदल दिया है। 'सम्पत्ति चोरी है', इस वाक्य को सात देशों ने मिलकर एक गरिमामय और अहंकारी सुभाषित में तब्दील कर

दिया है। ऐसे विखंडित, उत्तर-आधुनिक, करुण, उपलब्धिमय समय में मुझे कविता के बारे में कुछ कहना है। जबकि अभी मुझे वही भाषा बापरनी है जो मैंने बीच शताब्दी में पैदा होने पर सीखी है, मुझे अगले साल की सुबह लगभग वैसा ही जीवन मिलनेवाला है जैसा कि मैं इस साल में जीता आया हूँ और मुझे अभी पीने के पानी की समस्या के बारे में, हवा में साँस ले सकने की मुसीबत के बारे में प्रतिपक्ष की बेंच पर ही बैठकर मीमांसा करना है।

किसी भी समाज में कविता के सरोकार सर्वाधिक रूप से ऐतिहासिक-सांस्कृतिक परम्परा और समकालीन सामाजिक बोध से जुड़ते हैं और कवि के संवेदनों के साथ सीधी क्रिया-प्रतिक्रिया करते हैं। हालाँकि कवि कई बार कविता में शरणस्थली की तरह जाता है लेकिन जल्दी ही उसे अपनी शरणस्थली को एक मोर्चे की चौकी में बदलना होता है क्योंकि भाषा और समय की सामाजिकता किसी को कविता में देर तक सिर्फ़ अपनी निजी पनाहगाह बनाए रखने की मोहलत और इजाज़त नहीं देती है। यह कलाओं का लक्षण है। लेकिन भाषा के माध्यम के कारण कविता में यह लक्षण अधिक स्पष्ट है। इससे ज़ाहिर है कि कविता का मुख्य सरोकार और व्यापार अपने समय की और अपने मनुष्य समाज की समीक्षा करना है और साथ ही अनैतिकता और अमानवीयता का प्रतिरोध।

मैं भी आधा-अधूरा जैसा भी हूँ, एक कवि हूँ और बीत रही इस सदी का गवाह हूँ। मेरे सामने हत्याएँ की गई हैं। मेरे सामने ही एक आदमी भूख से तब मरा है जब मैं भोजन कर रहा था। एक स्त्री मेरी आँखों के सामने बेइज़्ज़त की गई। मेरे गरम बिस्तर से सिर्फ़ पचास मीटर दूर फ़ुटपाथ पर लोगों ने शीत भरे जीवन की रातें बिताई हैं। मुआवज़ा न मिलने पर बरबाद हो गए लोगों ने जब सड़क पर जुलूस निकाला, मैं मदिरा पीता पाया गया। हर कवि चश्मदीद गवाह है। इस गवाही से बचा नहीं जा सकता। इसी मायने में किसी कवि के लिए और किसी समाज के लिए कविता का रक़बा महत्त्वपूर्ण है। कविता में लिखे शब्द एक साक्षी के बयान हैं। अपने को सजदे में लाकर, झुककर लिखे गए बयान। इन बयानों से कवि के अन्तस् का और इस बीतनेवाली सदी के हालातों का दूर तक पता चल सकता है। समाज के पाप और अपराध एक कवि के

लिए पश्चात्ताप, क्रोध, सन्ताप और वेदना के कारण हैं। वह एक यूटोपिया का निर्माण भी है जिसकी सम्भावना को असम्भव नहीं कहा जा सकता।

इसी सदी में यह भी हुआ कि आदर्श हो सकनेवाली शासन प्रणालियाँ ढह गईं। उनकी ज़रूरत अब भी है बल्कि कहीं ज़्यादा है क्योंकि जीवन का रेशा-रेशा बिखरा हुआ है। कुल एक पिंजियारे द्वारा संसार की धुनाई की जा रही है। सब तरफ़ बारीक रेशे उड़ रहे हैं। इसलिए यह अचम्भित करनेवाली बात नहीं है कि कविता में भी स्थायी घर और द्वीप ख़त्म हो रहे हैं। कविता की आशा में एक विडम्बना शामिल है, जिसकी ध्वनि जीवन में उपस्थित है। कविता एक सामूहिक काम और सामूहिक अभिव्यक्ति भी है। पूर्णकालिक कवि या साहित्यकार का जीवन-यापन और ज़्यादा कठिन हो चुका है। अधिकांश कविता रोज़गार के साथ ही लिखी जा रही है। हालाँकि इस सदी में हिन्दी में कम से कम 20 विचारणीय कवि हर समय एक साथ लिखते रहे हैं जिन्होंने कविता को सामाजिक सरोकार के साथ एक कला की गरिमा भी दी है। मैं कविता से निराश नहीं हूँ। बल्कि सदी के इस अन्त में कविता एक तरह की बची हुई भूमि है, जिस पर संवेदनशील मनुष्यों को मनुष्यता के पक्ष में युद्ध लड़ता हुआ देखा जा सकता है।

इसी सदी में हिन्दी कविता ने नए छन्द पाए और छन्दों से मुक्ति भी पाई। छन्द से मुक्त होना एक बड़ी उपलब्धि थी। यह देखना भी दिलचस्प हो सकता है कि इस सदी में ज्यों-ज्यों जटिल, अन्यायी, बेतुके और उपभोक्तावादी समाज का निर्माण होता गया त्यों-त्यों उस समाज की प्रतिनिधि कविता का संसार अधिक समाज-सापेक्ष, प्रतिबद्ध, अलंकारविहीन, अतुकान्त होता गया। अब हर तीसरा कवि कह रहा है कि वह छन्द के पास वापस जाना चाहता है। कवि गाना चाहता है। सुनाना चाहता है। यह एक उल्लेखनीय बात है जिसे आती हुई सदी ध्यान से सुन रही है। लेकिन यह भी एक अधूरा सत्य है कि यदि कविता लयपूर्ण और प्रगीतात्मक हो जाएगी तो लोकप्रिय हो ही जाएगी। दरअसल चिन्ता यह होनी चाहिए कि श्रेष्ठ कविता कैसे लोकप्रिय हो! हम देख रहे हैं कि कवियों

की भूमिका भी इस दिशा में नगण्य है। कविता लोकप्रिय हो, यह चिन्ता हम सबको करनी होगी लेकिन किस कीमत पर ? क्या श्रेष्ठता की कीमत पर ? श्रेष्ठ कविता लोकप्रिय हो, यह काम जाती हुई सदी हम सबको सौंपकर जा रही है।

उधर पाठ्यपुस्तकों के ज़रिए कविता की अजीब समझ दी जा रही है जिसे पढ़ते हुए एक बच्चा वयस्क हो जाता है और परिणामत: उसकी कविता की समझ बचकानेपन की ही बनी रहती है। मंच से, दूरदर्शन और रेडियो से, अधिकांश अख़बारों से बहुलता में एक अर्थहीन और स्तरहीन कविता प्रक्षेपित की जा रही है। कई तरह के विकल, नन्दन और मधुप कोहराम मचा रहे हैं कि देखिए कविता की वास्तविक, सम्प्रेषणीय, छान्दिक और तुकान्त धारा को ख़त्म किया जा रहा है। आज हर चीज़ का बाज़ार है। विज्ञापन और पूँजीवादी मायाजाल ने मनुष्य को एक उत्सुक, प्रसन्न या विवश क्रेता में बदल दिया है। आन्तरिक ज़रूरतों और आवश्यकताओं से प्रेरित क्रेताओं के लिए बाज़ार उस तरह नहीं रह गया। बाज़ार ही इस समय परिदृश्य है, पार्श्व है। लेकिन यह भी है कि इसी परिदृश्य के एक कोने में कविता भी है। मनुष्य के प्रति तमाम प्रतिबद्धता, मानवीय घबराहट और आशा से भरी हुई कविता। लेकिन मंच पर बाज़ार है। प्रदर्शन कलाओं का उत्स है, इसलिए एक सरोकारों से सम्पृक्त कविता अपनी कला, सौष्ठव और निष्ठा के बावजूद समाज में हाशिए की सिकुड़ती हुई जगह पर यहाँ-वहाँ दिख जाती है। अख़बारों, पत्रिकाओं, रेडियो और दूरदर्शन पर सब तरह की कविता सुनने-पढ़ने को मिलती रही है। सच्ची कविता की समझ की छलनी में बड़े छेद हैं और सभी प्रकार की समझ को जैसे लोकतंत्र की मान्यता है। गेहूँ और भूसा एक साथ हमारी थाली में गिर रहा है। फ़सल कट रही है। खलिहान ग़ायब है। एक और पुकार उठती है कि कविता की जगह सिर्फ़ कला की अलमारी में है, जिसमें काँच जड़ा हुआ है, कविता पर धूल जमने का ख़तरा भी नहीं है। यह सब इसी सदी के अन्त में हो रहा है और इसका कविता के सरोकारों से गहरा सम्बन्ध है। यह सही है कि सदी के इस अन्त तक आते-आते समाज में कविता की, बल्कि कुल कलाओं की, जगह सिकुड़ गई है लेकिन इसके कारण सिर्फ़ कविता के भीतर ही खोजना ज़्यादती होगी।

यह दृश्य भी सदी के अन्त में है कि कुछ अति महत्त्वाकांक्षी पुरस्कार–सम्मान आदि सींग निकाले साहित्य के चौराहे पर खड़े हुए हैं। लोकतांत्रिक छूट और उपभोक्तावादी संस्कृति की पैठ सभी क्षेत्रों में हुई है और कविता के जनपद में भी वह घुस चुकी है। राजनीति और बाज़ार के सुमधुर गठबन्धन से पूँजीवाद को भी हमारे देश में एक लोकतांत्रिक चेहरा मिल गया है। समाज की इमारती लकड़ी में धार्मिकता का घुन लग गया है। असहिष्णुता इधर एक प्रधान सामाजिक लक्षण है जिसके मूलाधार में फ़ासीवादी है।

सदी के इस अन्त में हम देख सकते हैं कि अनेक ऐसी कविताएँ हिन्दी में लिखी जा रही हैं जो चिन्तित हैं, परेशान हैं और अभिलाषी हैं कि मनुष्य के भीतर का धीरज, प्रेम, विश्वास और सृजन को हमारे समय के संत्रास, पाशविकता और नाउम्मीदी के ब्लैक होल में गुम न होने दिया जाए। आज जन्म ले रहे बच्चे की स्वतंत्रता और सबसे असहाय आदमी के जीवन की सम्भावना को बरक़रार रखा जाए। लेकिन कविताओं की इस प्रखर चाहत और सक्रियता में जनता की और ख़ुद कवियों की सक्रियता और आकांक्षा जब तक नहीं जुड़ेगी तब तक कविता एक आदर्श और नैतिक वाक्य से ज़्यादा अपनी भूमिका नहीं निबाह पाएगी।

कविता स्वप्न देखती है किन्तु उस समाज के कवि–नागरिक का सकर्मक सामर्थ्य ही उस स्वप्न को पूरा कर सकता है। यही चुनौती है। और यह भी कि लोकतांत्रिक मूल्यों को परास्त किए बिना पूँजीवाद को परास्त किया जा सके।

(1999)

किसी भी समाज में कविता स्वायत्त घटना नहीं होती

1

'समकालीन हिन्दी कविता' किसी भी अन्य समाज और भाषा की कविता की तरह कोई स्वायत्त घटना नहीं है। समकालीन कविता का चरित्र, निर्बलता या शक्ति को हमारे समय में उपस्थित सामाजिक और राजनीतिक दृश्य की सापेक्षता में ही देखा जा सकता है। जब हम सवाल उठाएँ कि समकालीन हिन्दी कविता में कोई आन्दोलन या तोड़-फोड़ नहीं है तो हमें इसके बरअक्स यह देखना ही होगा कि क्या हमारे समाज और राजनीति में कोई आन्दोलन उपस्थित है? ऐसा हो नहीं सकता कि कविता (जो कला का सर्वाधिक जनसम्पर्कीय पक्ष भी है) में तो नित नए आन्दोलन हों और समाज में न हों। कविता में 'स्ट्रक्चर' टूटते चले जाएँ और समाज में 'स्ट्रक्चर' यथास्थिति में बने रहें। वैचारिक क्षेत्र में कोई नया दर्शन सामने न आए और बहुसंख्यक कविता में वह एक सैद्धान्तिकी की तरह आ जाए। इस तरह से बात करने का मतलब है कि हम कविता को समाज से इतर कोई स्वायत्त और 'हवाई' घटना मानते हैं। यदि हमारी यही समझ है तो कविता का मूल्यांकन करने में ऐसे अनेक झूठे सवाल हमारे सामने आ खड़े होंगे।

जब आज़ादी का आन्दोलन हुआ तो कविता में उसका असर साफ़ दिखाई दिया। बाद में नक्सलबाड़ी का भी। जब जीवन में, सभ्यताओं के विकासक्रम

में बहुत-सी तुकबन्दियाँ छूटीं, तब कविता में भी। जबकि पिछली एक-चौथाई सदी से हमारे समाज में सामाजिक बदलाव के लिए, लोगों के जीवन को बेहतर बनाने के लिए, रोज़मर्रा की तकलीफ़ों से लड़ने के लिए किसी तरह का छोटा-बड़ा आन्दोलन उपस्थित नहीं है तब कविता में वह सब आए और साहित्य का महत्त्वपूर्ण, निर्णायक आन्दोलन बन जाए—यह अपेक्षा अपने आपमें हास्यास्पद है। इधर उत्तर-भारतीय राजनीति में जो दलित उभार आ रहा है उसकी एक बहस साहित्य में और हिन्दी कविता में भी आ ही रही है। अन्तत: विचारणीय सवाल यही है : क्या कविता समाज की एक अलग-थलग, स्वतंत्र वायवीय और स्वायत्त कार्यवाही है?

2

इसका कलावादी उत्तर ज़रूर कुछ उत्साहजनक हो सकता है। इसके बरअक्स आज की समकालीन हिन्दी कविता अपने अधिकांश, प्रतिनिधि और निर्णायक रूप में, कलावाद को ध्वस्त करती है। लेकिन इस बात को नज़रअन्दाज़ नहीं करना चाहिए कि वह कला के उत्कृष्ट नमूने भी पेश करती है। हिन्दी कविता के इस चरित्र पर भी ध्यान दिया जाना चाहिए कि वह सिर्फ़ राजधानियों में और मैट्रोपॉलिस में नहीं लिखी जा रही है बल्कि छोटी जगहों से भी अपनी उपस्थिति दर्ज करा रही है। वह ग़ैर-सामाजिक होकर नहीं, अधिक से अधिक सामाजिक होकर खड़ी है। सामन्ती पारिवारिक और सामाजिक परिवेश के बावजूद हिन्दी कविता रोज़-रोज़ अधिक लोकतांत्रिक होती जाती है। पूँजीवाद के इस उत्तर-युग में यह देखना भी दिलचस्प है कि हिन्दी में कवियों को कविता से कोई आर्थिक लाभ नहीं होता बल्कि अधिकांश को आर्थिक हानि होती है, संग्रह प्रकाशन वग़ैरह की अपनी समस्याएँ हैं और छप भी जाए तो उसकी बमुश्किल पाँच-छह सौ प्रतियाँ चार-छह बरस में बिकती हैं, अनेक जेन्यूइन कवियों को साहित्य के सबसे बेहतर पुरस्कार भी नहीं मिल पाते हैं, वे एक कोने में उपेक्षित पड़े रहते हैं, फिर भी वे लिख रहे हैं। इस लिखने का, जनपक्षधरता के साथ लिखने का, सामाजिक प्रतिबद्धता से संलग्न होकर लिखने का स्वान्त: सुखाय से अलग एक वृहत्तर अर्थ है।

3

तथ्य यह है कि विकृत पूँजीवाद के इस पूरे परिदृश्य में जब राजनीतिक, सामाजिक, धार्मिक, न्यायिक और प्रशासनिक संस्थाओं सहित मीडिया में भी समर्पण, समझौते और सत्तापरस्ती का भाव है तब कविता दोहरा काम कर रही है : एक तो वह हमारे समय की क्रूरताओं, स्खलनों और चालाकियों को अचूक तौर पर पहचानकर इंगित कर रही है, दूसरे तमाम निराशाजनक स्थितियों को बताते हुए भी वह पस्त नहीं हुई है। जब सब तरफ़ से नैतिक साहस और नैतिक वाक्य ग़ायब हो रहे हैं, कविता उन्हें जगह दे रही है—सम्भावना को उम्मीदों में तब्दील कर रही है, अल्पसंख्यक विचार को विकल्प की तरह बचाकर रख रही है। विचारशील और ज़िम्मेदार कविता का एक काम 'यूटोपिया' का निर्माण करना भी है। सपने देखने का अत्यन्त सार्थक काम भी कविता के ज़िम्मे है। अँधेरे में प्रकाश की रेखा तलाश करना या रेगिस्तान में पानी की खोज करना या यह कहना कि यह खोज सम्भव है, कोरा आशावाद नहीं, मनुष्य के अपराजेय और असन्दिग्ध पराक्रम के प्रति सहज विश्वास है। हिन्दी कविता इसी विश्वास की रक्षा करती है। यह उसका पलायन या आत्ममुग्ध होना नहीं है। सन्तोषप्रद लक्षण है कि हिन्दी कविता ने अभी सपने देखना नहीं छोड़ा है और वह मानती है कि दुनिया में बेहतरी मुमकिन है। समकालीन हिन्दी कविता का बहुलांश इसी दृष्टि से मार्क्सवादी है। वामपन्थी है।

4

वस्तुगत आधार का एक अर्थ यदि राजनीतिक ढाँचा है, समाजवादी अवधारणा और मान्यताओं का व्यावहारिक रूप है तो निश्चय ही वे आधार आज खिसक गए हैं, अपदस्थ हो गए हैं। राजनीतिक तौर पर वामपन्थ की असफलता उसके लिए सदमा है लेकिन सब कुछ लुट जाना नहीं है। बल्कि अन्य क्षेत्रों की निराशाओं को हिन्दी कविता ने सहारा दिया है। वह बौद्धिक तौर पर अधिक दृढ़ और भविष्य के प्रति तार्किक रूप से अधिक विश्वासी है। समकालीन हिन्दी कविता की यह भी एक विशेषता है कि उसने यथार्थ को रूमानी दृष्टि

से नहीं देखा है। हमारे समय और समाज के यथार्थ के जटिल और कठोरतम रूप उसने समाहित और व्यक्त किए हैं। (शेष की असीम सम्भावना हमेशा रहती आई है।) बाज़ार और पूँजीवाद के सूक्ष्म हिंसक रूपों की अभिव्यक्ति आज की हिन्दी कविता में मौजूद है। हिन्दी कविता की आशा और निराशा को शब्दों की सतही अर्थावली से नहीं समझा जा सकता है और न ही दो-चार स्तम्भ ढहने से व्याप्त सामाजिक-राजनीतिक कुहासे के बरअक्स इस कविता को अति आशावादी या लफ़्फ़ाज़ कहना तर्कपूर्ण है। समूची भारतीय कविता में आशावाद पूर्व से ही मौजूद है लेकिन वह पहले ईशकृपा पर आश्रित था, अब विचारधारा के विश्वास से उत्पन्न है। यह प्रगतिशीलता एक बड़ा फ़र्क़ है।

5

उत्तर-आधुनिक, उपभोक्तावादी, चरम पूँजीवादी इस समय ने कलाओं के सामने अस्तित्व का संकट इस मायने में अवश्य खड़ा किया है कि मनुष्य से कला को दिया जा सकनेवाला समय छीन लिया है। वह जीवित रह सके, इसी उपाय में उसकी अधिकतम शक्ति और समय जाया हो रहा है। इसी मायने में वर्तमान समय और यह व्यवस्था अधिक अमानवीय है। यों भी निर्णायक प्रतिरोध कविता, कहानी या चित्रकला से मुमकिन नहीं है। यह काम राजनीति से ही होगा। कलाएँ अपने सामाजिक उत्तरदायित्व के साथ इनमें अपनी भूमिका निबाहती हैं। पूँजीवादी समाज यह करता ही है कि जिन कलारूपों से प्रतिरोध सम्भव हो सकता है, उनकी जगह कम करता जाता है। कम से कम उन्हें प्रेरित करने का कोई काम ग़लती से भी नहीं करता। हास्य-कविता, सुगम संगीत से भरी ग़ज़ल-गायकी, व्यावसायिक तबला-वादन, रूमानी फ़िल्मी गाने या आते-जाते प्रधानमंत्रियों की कविता से उसे कोई दिक़्क़त पेश नहीं आएगी। ये सब चीज़ें तो जनता के ग़ुस्से और चिन्ता को मनोरंजन के समुद्र में जाकर डुबो देती हैं, इसलिए उसकी सहायक हैं।

कविता सदैव प्रतिरोध का सक्षम औज़ार है परन्तु उसकी जगह समाज में कम होते रहने से एकबारगी ऐसा लग सकता है कि अब वह सक्षम औज़ार नहीं रही। इस कविता की पृष्ठभूमि में 'एक्टिविस्ट-सपोर्ट' न होने से यह एक

व्यर्थता में और इस तरह एक वाचालता में दिखती है। समकालीन हिन्दी कविता के सन्दर्भ में उसकी असहायता भारतीय राजनीति में वामपन्थ की असहायता और असफलता का फलन है। लेकिन यह हिन्दी कविता ही है जिसने हथियार नहीं डाले और अपनी सौन्दर्यदृष्टि को अनेक फ़लकों तक ले जाने का उपक्रम किया है। आशा को, सपनों को जटिल यथार्थ के सम्मुख बनाए रखा है। वह अकेली है लेकिन प्रतिरोध कर रही है। हर चीज़ की सक्षमता को सफलता के पैमाने से तौलने के अनेक ख़तरे हैं। एक अकेले क्षेत्र का प्रतिरोध कितना असहाय, असफल और निष्प्रभावी हो सकता है, हिन्दी कविता उसका एक उदाहरण है।

यहाँ 'भारतीय परिप्रेक्ष्य' के अभाव के आरोप की परीक्षा भी की जाए। कविता के लिए विचार के तौर पर किस पक्ष को भारतीय परिप्रेक्ष्य माना जाए—वैदिक, गांधियन, विवेकानन्दी या भजनानन्दी? यदि यही भारतीय परिप्रेक्ष्य है तो निश्चय ही समकालीन हिन्दी कविता में यह उपस्थित नहीं है। परन्तु अपने परिवेश का वर्णन, साक्ष्य, बिम्ब, रूपक, अलंकार, लोक और मुहावरों का प्रयोग यदि भारतीय परिप्रेक्ष्य की कसौटी है तो हिन्दी कविता बड़े स्तर पर भारतीय है। यों भी 'तथाकथित भारतीय परिप्रेक्ष्य' अपनी व्यापकता में सन्देहास्पद है। वह मोटे तौर पर 'हिन्दी क्षेत्र' की क्षेत्रीयता में सीमित हो जाएगा। लेकिन यदि इस परिप्रेक्ष्य को गणतांत्रिक रूप में देखा जाए तो हिन्दी कविता गणतंत्र के समर्थन की, उसकी चिन्ता और उसकी रक्षा की प्रतिनिधि कविता है। इस मायने में वह निश्चय ही एक 'भारतीय परिप्रेक्ष्य' बनाती है। इसके परे कविता का अपना एक स्थानीय परिप्रेक्ष्य भी होता है जो उसे विश्वसनीय बनाता है और अपने पूरे देश और शेष संसार के लिए एक कोण और 'लांचिंग पैड' देता है। इस सन्दर्भ में हिन्दी कविता प्राथमिक तौर पर ही खरी है।

6

कविता की ज़रूरत का प्रश्न इस दृष्टि से भी विचारणीय है कि वह कलारूप में एक कवि के लिए किस हद तक ज़रूरी है। मनुष्य के रूप में उसकी अनन्तता, अधूरेपन, उल्लास, व्यग्रता, अवसाद और कसमसाहट को व्यक्त

करने के लिए उसकी अभिव्यक्ति का कलाकांक्षी उपक्रम उसे कहाँ लिये जाता है ? यदि वह कविता के ज़रिए व्यक्त और विन्यस्त होता है तो इसमें 'ज़रूरत' से ज़्यादा उसके अपने लिए 'अनिवार्यता' शामिल है। समाज को ख़ास तरह की कविता की ज़रूरत थी इसलिए किसी व्यक्ति ने अचानक कविता लिखना शुरू नहीं किया। कोई कवि ऐसा नहीं कर सकता। यह कोई व्यवसाय भी नहीं है कि अब 'इस व्यवसाय' की ज़रूरत या माँग समाज में कम हो गई है इसलिए इसे बदल लिया जाए अथवा इसे बेदख़ल करने का काम शुरू कर दिया जाए। न यह बाज़ार के दबाव से चुनी हुई विधा थी, जो अब एक कवि नई विधा में काम करने लगे। एक साहित्यिक रचना इसलिए ही एक उत्पाद से अलग होती है। रचनाकार के नाते यह मेरी अपनी आवश्यकता थी और है। कवि के नाते कविता ही मेरी ताक़त और मेरी सीमा है। हालाँकि, मैं इसे ताक़त कहना ही पसन्द करूँगा। कला के रूप में, भाषा की सामर्थ्य और मनुष्य की आकांक्षा की असीमित अभिव्यक्ति के रूप में कविता की ज़रूरत हर समाज में रही है। लोकप्रियता और उपादेयता के प्रचलित, बाज़ारोन्मुख मापदंडों से इसकी नाप-तौल करना कला के साथ नासमझी भरा व्यवहार करना है।

चूँकि कवि के रूप में मैं एक प्रदत्त समाज के सदस्य के नाते, नागरिक के नाते कविता लिखता हूँ या इसमें अपने आपको अभिव्यक्त करता हूँ इसलिए इसमें दूसरे आयाम और दायित्व जुड़ते चले जाते हैं। यह सामाजिक पक्ष अत्यन्त महत्त्वपूर्ण है लेकिन तब इसमें समाज की दूसरी गतिविधियों, चेतना और ज्ञान की स्थितियों को भी देखा जाना चाहिए।

7

एक अच्छी और विश्वसनीय कविता में आवेगों, उत्तेजनाओं और ऊहापोहों का सम्मिश्रण भी सम्भव है। कविता कोई निर्णायक इतिहास रचे, ऐसी कामना एक अच्छा स्वप्न है। इस लिहाज़ से समकालीन हिन्दी कविता के सामने चुनौती है। लेकिन फिर वही सवाल तो खड़ा होगा ही। यानी आप सोचते हैं कि समाज में अधिसंख्य नागरिक लोलुप, भ्रष्ट, कायर, अवसरवादी और यथास्थितिवादी बने रहें लेकिन कविता निर्णायक इतिहास रच दे! यदि कविता

समाज की आँख है तो उसका 'देखना' तब ही सार्थक और प्रतिफलित होगा जब शरीररूपी समाज के शेष अंग भी अपना काम मुस्तैदी से करें।

दूसरी समस्या श्रेष्ठ कविता को लोकप्रिय बनाने के सम्बन्ध में है। इलेक्ट्रॉनिक या प्रिंट मीडिया जैसे बाज़ारवाद में फँसा हुआ है, उस वक़्त उससे ऐसी समझ, निष्ठा और स्वप्नशीलता की आशा नहीं करना चाहिए कि वह अच्छी कविता को जनता तक पहुँचाने के लिए प्रयास करे। कवियों की या साहित्यिकों की भी ऐसी सर्वमान्य और प्रतिबद्ध संस्था नहीं उभर पाई है जो श्रेष्ठ हिन्दी कविता को जन-जन तक सुलभ करने के लिए काम करे। व्यक्तिगत तौर पर या छोटे समूहों के रूप में भी ये प्रयास लगभग नहीं हैं। हालाँकि पाठ्यपुस्तकों में समकालीन हिन्दी कविता को पर्याप्त जगह देकर भी यह काम किया जा सकता है।

तीसरी समस्या यह है कि समकालीन कविता में जो अत्यन्त साधारण और दोयम कविता है, उसे भी मान्यता मिलती चली जाती है। कठोरता से परीक्षण नहीं है। ये समस्याएँ अब चिन्ताजनक रूप ले रही हैं।

(2002)

साहित्यिक आयोजनों का अजेंडा

साहित्य सम्बन्धी आयोजनों को मोटे-मोटे दो वर्गीकरणों में देखा जा सकता है।

1. स्पष्ट कार्यसूची (अजेंडे) के साथ आयोजन।
2. बिना कार्यसूची के साथ आयोजन।

पहले वर्ग में किसी विचारधारा विशेष, जैसे वाम विचार, को केन्द्र में रखकर, उसके अन्तर्गत कुछ उद्‌देश्य बनाकर आयोजन किए जाते हैं। उनके इरादे, घोषणाएँ, प्रवृत्ति और पक्षधरता को साफ़ पहचाना जा सकता है। वहाँ साहित्य सम्बन्धी एक दृष्टि, विचार-सरणी होती है और कुछ साहित्यिक मापदंड और समझ के औज़ार भी उस दृष्टि और सरणी से निसृत होकर सामने रहते हैं। तत्सम्बन्धी नई चुनौतियाँ भी। विचारधाराओं से प्रेरित तमाम लेखक संगठनों के आयोजन इसी वर्ग में आएँगे और वे आयोजन भी, जो वाम-विचारधारा विरोधी साहित्यिकों या संस्थाओं द्वारा आक्रमण और विरोध के लिए रहते हैं।

इन सभी का अजेंडा असन्दिग्ध रूप से ज़ाहिर होता है। सार्वजनिक। उनके उद्‌देश्य स्पष्ट होते हैं। प्रगतिशील लेखक संघ, जनवादी लेखक संघ, जन संस्कृति मंच, पूर्व में 'परिमल' के आयोजन और इधर अस्तित्व में आईं अनेक सांस्कृतिक दक्षिणपन्थी संस्थाओं के कार्यक्रम, जिनकी राजनीति स्पष्ट है। प्रायः इस तरह की संस्थाओं या संगठनों में औपचारिक/अनौपचारिक सदस्यता होती है और वे अपनी प्रतिबद्धताओं के लिए जवाबदेह होते हैं।

दूसरे वर्ग में मुख्यत: निजी महत्त्वाकांक्षाओं, व्यक्तिगत यशकामना या व्यावसायिक समझ के साथ किए जानेवाले आयोजन हैं। वे किसी सामूहिक जनचेतना, व्यापक विचार या विचारधारा से प्रेरित नहीं होते। इसलिए उनमें विभिन्न विचारधाराओं के लेखक भी, निजी कारणों से, एक साथ सक्रिय दीख सकते हैं। इनके एक, दो, दस आयोजनों को विश्लेषित कर लें तब भी कुछ हाथ नहीं आएगा। सिवाय इसके कि व्यक्तिगत वर्चस्व, नेतृत्व कामना के लिए, प्रकाशकीय लोभ-लाभ के लिए, पत्रिका की लांचिंग या प्रचार हेतु अथवा निजी धाक जमाने या पब्लिक रिलेशनशिप के लिए इनका आयोजन हुआ।

जब तक कोई 'धन या अधिकार-सम्पन्न व्यक्ति', व्यवसायी और कॉर्पोरेट समूह इसके पीछे काम करता है, तब तक ये आयोजन होते हैं और फिर सिरे से ग़ायब हो जाते हैं। फिर उनकी उतनी गूँज भी बाक़ी नहीं रहती जितनी एक छोटे से अन्धे कुएँ में आवाज़ लगाने से होती है। उसका ऐतिहासिक महत्त्व तो दूर, उसकी किंचित् उपलब्धि भी अल्प समय के बाद ही कोई नहीं बता सकता। संक्षेप में कहें तो इनकी नियति एक 'क्लब' में बदल जाती है जहाँ साहित्य को लेकर, रचनाधर्मिता के सन्दर्भ में कोई ऐसी बात सम्भव नहीं जिसे गहन सर्जनात्मकता एवं बड़े विमर्श तक ले जाया जा सके, आयोजन के बाद उसे विचार की किसी परम्परा से जोड़ा जाए। किसी आन्दोलन के हिस्से की तरह उसे देखा जाए या उस सन्दर्भ में नई पीढ़ी को प्रोत्साहित अथवा उत्प्रेरित किया जा सके।

ऐसे आयोजन, एक तरह के अवकाश को भरने या साथ मिल-जुलकर बैठने की इच्छा या समकालीनता में इस तरह ही सही, अपना नाम दर्ज कराने की इच्छा, ध्यानाकर्षण की योजना अथवा समानान्तर सत्ता संरचना की कामना से भी प्रेरित होते हैं और कई बार इस प्रतिवाद से भी कि उन्हें अपेक्षित रूप से स्वीकार नहीं मिला है। या उन्हें कमतर समझा गया है। या यह कि उन्हें और, और, और जगह चाहिए। लेकिन इनका जो भी आयोजक होगा, उसकी महत्त्वाकांक्षाओं या इरादों को समझा जा सकता है। हालाँकि सतह पर तैरती चतुराई के कारण उनके वास्तविक उद्देश्य स्पष्ट होने में किंचित् समय भी लग सकता है।

लेकिन एक बात यहाँ सबसे महत्त्वपूर्ण होती है; वह यह कि इनका कोई घोषित अजेंडा नहीं होता। इनकी कोई कार्यसूची होती भी है तो उससे साहित्य

या जीवन के प्रति, किसी भी विचारधारा और दृष्टिकोण से सम्बन्ध नहीं बैठाया जा सकता। इसलिए ऐसे आयोजन एक मिलन समारोह, पर्यटन, सामूहिक दस्तरख़्वान के सुख, प्रसन्न तस्वीरों और अन्य मधुर स्मृतियों में ही न्यून हो जाते हैं। इन्हें अन्य द्वारा वित्तपोषित 'साहित्यिक किटी पार्टियों' की तरह भी देखा जा सकता है।

एक अन्य उपवर्ग उन संस्थानों का बनता है जिनके पास शासकीय या ग़ैर-शासकीय स्रोतों से बजट है और वे उस बजट को खपाने के लिए, अपने संस्थान की क्रियाशीलता बनाए रखने के लिए तमाम आयोजन करने को विवश हैं। प्रायः जब तक कि सम्प्रति सरकारों का दबाव न हो, उनका किसी विचारधारा विशेष के प्रति विरोध या समर्थन नहीं होता, वहाँ कोई भी आ-जा सकता है और उनसे लाभ लिया जा सकता है। उसमें भागीदारी से किसी को कोई उज्र या एतराज़ नहीं होता, जब तक कि कुछ विचारधारात्मक सवालों से मुठभेड़ न हो। आकाशवाणी, दूरदर्शन, साहित्य अकादमियाँ, हिन्दी उन्नयन संस्थाएँ, शासकीय परिषदें/न्यास आदि इसके उदाहरण हैं। इन संस्थाओं के पास भी साहित्य को लेकर कोई विशिष्ट औचित्य या दृष्टि नहीं होती, सिवाय इस महान वाक्य के कि 'वे साहित्य और रचनाकारों की सेवा कर रहे हैं और उनका जन्म बस यही करने के लिए हुआ है।'

बहरहाल, यदि पहले वर्ग के आयोजनों में किसी के द्वारा शिरकत की जा रही है तो वह ख़ास तरह के वैचारिक अजेंडा की जानकारी के साथ, उसके प्रति सहमति, प्रतिबद्धता या उत्सुकता से की जाएगी। और दूसरे वर्ग के आयोजन में शिकरत की जा रही है तो वह मूलतः मौज-मस्ती, मेल-मिलाप, उत्सवधर्मिता और सम्बन्धवाद के लिए। लेकिन प्रकारान्तर से इस तरह लोग जाने-अनजाने किसी की महत्त्वाकांक्षा या छिपे हुए निजी अजेंडे के सहभागी हो जाते हैं। और कई बार तो कृतज्ञ भी। ज़ाहिर है कि शिरकत करते हुए तमाम लोग निजी रूप से निर्णय लेते हैं, अपना चुनाव करते हैं लेकिन फिर लाज़िमी है कि वे जलसा उपरान्त कुछ विचार भी करें। मसलन यह, कि आख़िर क्या वे इन चीज़ों का वाक़ई हिस्सा होते रहना चाहते हैं!

ऐसा भी हो सकता है कि किसी आयोजन में विभिन्न विचारधाराओं से प्रेरित लेखकों का जमावड़ा कराया जाए, उनके बीच मुठभेड़ कराई जाए और फिर उसे आयोजनकर्ता दिलचस्पी से देखें, अपनी स्पॉन्सरशिप का भरपूर

आनन्द उठाएँ। इसका किंचित् विचारणीय पक्ष शायद तब भी हो सकता है कि जब वे कुछ गम्भीर सवालों को खड़ा करें, उन्हें सूचीबद्ध करें, बताएँ कि ये महत्त्वपूर्ण निष्पत्तियाँ हैं, इन पर व्यापक विमर्श हो। इसलिए अपेक्षित होगा कि ये आयोजनकर्ता, औपचारिक तौर पर बताएँ कि इससे उनके किन उद्‌देश्यों की पूर्ति होती है और आगे भी इस तरह की 'कांग्रेस' करते रहने के पीछे उनकी क्या राजनीति, योजना, मंशा और आकांक्षा है।

निजी तौर पर यों मौज-मस्ती और हो-हल्ले का विरोधी नहीं हूँ लेकिन यह शायद आग्रह या दुराग्रह हो कि मैं हर उस आयोजन के समर्थन में आसानी से हूँ जिसका अजेंडा ज़ाहिर हो कि मैं तत्सम्बन्धी उद्‌देश्यों को पहले समझ तो लूँ। यानी फिर वही अमर सवाल : 'पार्टनर, तुम्हारी पॉलिटिक्स क्या है?'

पिछले कुछ वर्षों से यदि अजेंडा आधारित आयोजन, विचारधारा-सम्पन्न कार्यक्रम प्रचुरता से नहीं हो पा रहे हैं तो तमाम वामपन्थी कहे और समझे जानेवाले लेखकों के लिए इसका अर्थ या विकल्प कदापि यह नहीं हो सकता कि अजेंडाविहीन, मौजमस्तीमूलक आयोजनों में अपने को ग़र्क़ किया जाए।

और यह भी याद कर लेना यहाँ अप्रासंगिक न होगा कि दीर्घकालीन दृष्टि और किसी अजेंडे के साथ काम करने से ही संगठन और संस्थाएँ बनती हैं। विमर्श अग्रगामी होता है। अजेंडाविहीन ढंग से काम करने से 'गुट' बनते हैं। भावुक, आभारी बनानेवाली सी-सा मित्रताएँ बनती हैं। और इन्हीं सबके बीच आत्मतोषी रचनापाठ, कुछ आत्मीय विवाद, वैचारिक उत्तेजनाविहीन कलह और आमोद-प्रमोद होता है। और यह किसी साहित्यिक आयोजन का अजेंडा हो नहीं सकता।

इसलिए ऐसे उत्सव-आयोजनों को जब किसी उतावलेपन में, उत्साह में या अनुगृहीत अनुभव करते हुए साहित्यिक उपलब्धि की तरह प्रचारित किया जाता है अथवा उस तरह से पेश करने की कोशिश की जाती है, इन आयोजनों के लिए फिर-फिर आकांक्षा प्रकट होती है तो कुछ शाश्वत सवाल नए सिरे से उठते हैं।

(2006)

कलाजन्य ठेस

(मक़बूल फ़िदा हुसैन विवाद के सन्दर्भ में)

शब्दों की सबसे बड़ी सीमा यह होती है कि वे अति नियत (OVERDETERMINED) होते हैं।

—क्रिस्टोफर कॉडवेल

1

कलाभिव्यक्ति को लेकर समाज में बेहतर समझ बनेगी यदि उसके मूल धर्मों पर बात हो सके। 'ठेस' एक ऐसा शब्द है जिसके सहारे हम कला के एक महत्त्वपूर्ण गुणधर्म की पहचान कर सकते हैं। मगर जैसा कि उपरोक्त उद्धृत वाक्यांश से स्पष्ट है कि शब्दों की सबसे बड़ी सीमा यही है कि वे समाज में प्रचलित अर्थों के चलते इतने रूढ़ हो जाते हैं कि उनसे किसी अन्य प्रकार का रचनात्मक अर्थ लेने में भारी कठिनाई होती है। अर्थाभिव्यक्ति के प्रति उनकी यह अतिनियतता एक समस्या हो जाती है। लेकिन रूढ़ अर्थों में एक नकारात्मक शब्द, 'सर्जना की रचनात्मक पहुँच' को बेहतर रूप में सम्प्रेषित कर सकता है, बशर्ते कि हम उससे एक नियत क़िस्म का अर्थ ग्रहण करे रहने की, शब्दकोशीय अर्थ से चिपके रहने की ज़िद पर न अड़े रहें।

2

एक सम्पूर्ण और सच्ची कलाभिव्यक्ति सिर्फ़ आनन्दित नहीं करेगी। वह दर्शक, पाठक या श्रोता के अब तक के आग्रहों पर पुनर्विचार करने, उन्हें बदलने के लिए भी प्रेरित करेगी। विकासशील समाज में अधिकांश लोगों के आग्रह जड़ होते हैं और गतिशीलता की आवश्यकता के प्रति वे प्रवृत्त नहीं होते इसलिए यह कलाभिव्यक्ति प्रदत्त 'ठेस' एक ऐसे समाज में कहीं अधिक व्यापक होकर सामने आती है। 'ठेस पहुँचाना' कलाभिव्यक्ति का अभीष्ट न भी हो मगर यह उसकी नियति है, उसका एक सहज गुणधर्म है। इस 'ठेस' को व्यापक अर्थ और व्यंजनात्मक दृष्टि के साथ ही समझा जा सकता है। यह ठेस किसी की भावना को, उसके भावुक विचारों को, अब तक के उसके जीवन और दर्शन के निष्कर्षों को, मान्यताओं को, इच्छाओं, रूढ़ियों, अन्धविश्वासों, पूर्वग्रहों को अथवा व्यक्ति या समूह विशेष की ख़ास दृष्टि को पहुँच सकती है। लेकिन कलाभिव्यक्ति हिंसक क्रिया नहीं है। सर्जना का स्वभाव हिंसक नहीं होता, आक्रामक और अराजक हो सकता है। और यह आक्रामकता या अराजकता भी स्वभाव से सर्जनात्मक होती है। यदि एक कलाभिव्यक्ति अपनी सम्पूर्णता में, अपने पूरे कौशल के साथ उपस्थित हो सकी है तो वह हमारी अब तक की धारणाओं को, अब तक के ज्ञान, अनुभव और अब तक के आस्वाद को भी ठेस पहुँचा सकती है। एक कलाभिव्यक्ति अपने कथ्य, विषय, शिल्प, शैली, रंग या भाषा द्वारा अथवा इनमें से किसी एक उपकरण द्वारा भी अपना काम कर सकती है। इसमें रचनाकार की दृष्टि तो सबसे प्रमुख होती है।

3

यह 'ठेस पहुँचाना', गहरे अर्थों में एक रचनात्मक प्रक्रिया है। वह हमारे अन्तर्जगत् को बदलने की सामर्थ्य रखती है और निश्चित प्रक्रिया से गुज़रते हुए हमारे बाह्य जगत् को भी बदल सकती है क्योंकि अपनी मूल आकांक्षा में वह परिवर्तनकामी होती है। यह ठेस रूढ़ ठेस के अर्थ से इस

मायने में भिन्न होती है कि यह एक 'कलाजन्य ठेस' है। कलाजन्य ठेस का अर्थ है—"एक ऐसा दबाव जो हमें वैचारिक रूप से अन्यथा सोचने के लिए विवश करे कि रूढ़ अथवा अभी तक मान्य और स्वीकृत विचारों से भी अलग कुछ बातें हैं और उन पर विचार किया जा सकता है।" कला की ठेस एक मनुष्य को, उसके साथ संवाद करनेवाले आदमी को रचनात्मक बनाएगी। जिन लोगों को वह उग्र, हिंसात्मक और धृष्ट बनाती है, वे लोग दरअसल किसी भी रचना के वास्तविक पाठक, दर्शक या श्रोता नहीं हैं, कला मर्मज्ञ होना तो ख़ैर दूर की बात है। जो अपने जीवन में या विचारों में कलाहीन हैं, उन लोगों को सर्जना-प्रदत्त ठेस लग नहीं सकती क्योंकि उनकी विचार प्रक्रिया तो जड़ है। उनकी असहमति भी सिर्फ़ एक तरह की जड़ीभूत नाराज़ी है। इसलिए ऐसे लोग जब ठेस-ठेस की पुकार करें जो अपने जीवन की गतिविधियों में कला या साहित्य के संलग्न उत्सुक नहीं हैं तो ज़ाहिर है कि उन्हें कृति विशेष से एक जड़ क़िस्म की असहमति हुई है, ठेस नहीं पहुँची है। सर्जना की ठेस तो रचनात्मक संवाद को जन्म देती है।

4

अभिव्यक्ति की पहली आकांक्षा होती है—असीमित होना। विषय और सन्दर्भ की सीमा में भी असीमित होना। इसलिए अभिव्यक्ति को सीमित करने सम्बन्धी कोई भी बात अन्ततः अभिव्यक्ति की रोक पर ही जाकर समाप्त होगी। कलाभिव्यक्ति का जो पक्ष या तरीक़ा किसी एक को नापसन्द हो सकता है, किसी दूसरे को कलाभिव्यक्ति के अन्य किसी प्रकार पर एतराज़ हो सकता है। जबकि महत्त्व सर्जक की अभिव्यक्ति के संघर्ष को दिया जाना चाहिए। यह बात ज़ोर देकर कहीं जानी चाहिए कि 'कलाभिव्यक्तियाँ व्यक्तिगत सम्बोधन नहीं होतीं'। यदि ऐसा होगा तो कलाभिव्यक्ति सीमित हो जाएगी, जैसा होना कला या सर्जना की मूल आकांक्षा या प्रतिज्ञा नहीं है। इसका फ़ैसला कि वह एक कलाभिव्यक्ति है या नहीं, निश्चय ही सर्जना से जुड़े व्यक्ति ही कर सकते हैं। जो लोग कलात्मक-रचनात्मक अभिव्यक्ति के अन्तर्निहित अर्थ नहीं जानते, न ही

जिज्ञासु हैं, और जिनके विचारों का व्यापार एक अत्यन्त स्थूल संसार है, वे तो सिर्फ़ अर्थ का अनर्थ ही कर सकते हैं। परिणामतः एक ऐसी प्रतिक्रिया सामने आ सकती है जो अपनी आत्मा, देह और क्रिया से हिंसक होगी।

5

ऐसे किसी भी व्यक्ति या समूह को, जो कला या साहित्य में दख़ल नहीं रखता अथवा यह क्षेत्र उसके लिए एक झाड़-झंखाड़ भरा वर्जित या उपेक्षणीय इलाक़ा है, दो प्रत्यक्ष कारणों से 'रचना की ठेस' की चिन्ता नहीं करना चाहिए।

अ : यदि उनकी मान्यताएँ ठोस भूमि पर हैं, सुसंगत हैं तो उनकी मान्यताओं को किसी प्रकार की हानि की सम्भावना नहीं।

ब : जिस समूह या समाज को 'ठेस' पहुँचने की उन्हें चिन्ता हो सकती है, वह तो कलाभिव्यक्तियों को समझने एवं उससे क्रिया-प्रतिक्रिया करने से कोसों दूर है।

इस क्रम में सबसे महत्त्वपूर्ण बात यह है कि वह ठेस, जो एक समूह या धर्म विशेष को पहुँच गई बताई जाती है, एक कृति की सीमित, ग़लत या संकीर्ण व्याख्या के ज़रिए, उन लोगों द्वारा पहुँचाई जा सकती है जो कलाभिव्यक्तियों से निरक्षर या कुपढ़ की तरह पेश आते हैं। वह कलाभिव्यक्ति की समझ रखनेवाले उत्सुक दर्शक या पाठक की ओर से किया गया संवाद अथवा प्रतिक्रिया नहीं होती। वह एक तरह के प्रयोजन, नियोजन और प्रायोजन का प्रतिफलन होती है इसलिए मूलतः विवाद पैदा करती है। एक इरादतन, ग़लत व्याख्या से सार्थक उत्तेजना नहीं, सनसनी और उग्रता ही पैदा हो सकती है, और जो विवाद होता है वह संवादात्मक नहीं, एक ध्वंसात्मक वातावरण ही बना पाता है। 'जबकि विचार का उत्तर लाठी नहीं हो सकता।' हाल के वर्षों में सलमान रुशदी की किताब 'द सेटेनिक वर्सेज' की खुमैनी-व्याख्या, तसलीमा नसरीन के उपन्यास 'लज्जा' का मौलवियों द्वारा किया गया विश्लेषण और भारत में हुसैन के कुछ चित्रों की संघदीक्षित व्याख्याएँ ऐसे ही जड़ उदाहरण हैं जो अब नियामक रूप से आक्रान्त कर रहे हैं और सर्जना की दुनिया को धमका

रहे हैं। सर्जनात्मक आलोचना के क्षेत्र में उनका कुछ भी कहना भले अर्थ न रखता हो किन्तु कला और सर्जक के प्रति हिंसा फैलाने में उनका गहरा असर होता है। अपढ़ और कुपढ़ समाज में तो वे एक ग़ैर-रचनात्मक वातावरण ही नहीं, हिंसक वातावरण बनाने में सफल हो जाते हैं। इसलिए यह देखना विस्मयकारी नहीं है कि कला और रचना की संकीर्णतम व्याख्याएँ पूरे संसार में धार्मिक संगठनों के प्रमुख या धर्माधारित राजनीतिक महत्त्वाकांक्षी संगठनों से जुड़े लोगों द्वारा ही की जाती रही हैं। और प्राय: उनकी भावनाएँ नहीं, सिर्फ़ उनके हित आहत हुए होते हैं।

6

सर्जक का इरादा, दर्शक या पाठक का इरादा दोनों पर ही विचार किया जाना उचित है। एक रचनाकार का इरादा अपने विषय एवं कथ्य को नवीनतम रूप में व्यक्त करना होता है। इसलिए वह अभिव्यक्ति के सम्भव और अब तक असम्भव समझे गए रूपों में भी जाने की चेष्टा करता है। शिल्प और रूपगत प्रयोग करता है। 'यह सर्जक और कला का ही सामर्थ्य और पुरुषार्थ है कि वह एक चीज़ को हज़ार कोणों से देख सकती है।' और इसलिए ही वह कृति का दर्जा पाती है। सर्जक का यह इरादा और नव्यतम की कामना उसे समृद्ध और सम्पन्न करती है। अधिकतम सम्भव कोणों से चीज़ों को देखने के लिए रचनात्मक दृष्टि की ज़रूरत होती है और यही वह पूरक दृष्टि भी होती है जो कलाकृति को सम्पूर्ण करती है। उसे सार्थक बनाती है। इसलिए यह बहुत महत्त्वपूर्ण है कि उस व्यक्ति को भी देखा जाए जो किसी रचना या कलाकृति की व्याख्या कर रहा है। उसकी समझ और इरादा क्या है। यदि उसकी मंशा कलारूप को समझने की, उसे विश्लेषित करने की है तो निश्चय ही स्वागतेय है। लेकिन तब उससे सम्यक् ज्ञान, सन्दर्भित भाषा और कलादृष्टि की अपेक्षा होगी। यदि उसके पास कला को देखने की जिज्ञासु दृष्टि नहीं है और न ही इस हेतु उसने कोई संघर्ष किया है तब उसका यह इरादा स्वयमेव ही सन्दिग्ध हो जाता है। बल्कि ऐसे इरादे के साथ कोई भी प्रयास अपने मूल चरित्र में ही प्रतिगामी हो जाएगा। सर्जनात्मक अभिव्यक्तियों को समझने के लिए, समझ

का एक न्यूनतम संघर्ष ज़रूरी होता है। यहाँ क्रिस्टोफर कॉडवेल की एक और पंक्ति की व्यंजना द्रष्टव्य है : 'सूर्योदय का दृश्य एक पशु के लिए कुछ भी नहीं है और मनुष्य के लिए जो कुछ वह है, वह कला की देन है।' जो अभी कला की देन को प्राप्त करने के पात्र नहीं हो पाए हैं, वे सूर्योदय को भी एक रूढ़ नियमित घटना की तरह ही देख सकेंगे। ऐसे लोगों का कलाजन्य अभिव्यक्तियों के प्रति रवैया सपाट, उथला और ख़तरनाक क़िस्म के सरलीकरणों से भरा हो सकता है! और इस रवैए में यदि इरादा शामिल हो जाए तो कला के तो नहीं, कला-इतर क्षेत्रों के व्यक्तिगत और राजनीतिक हित अवश्य ही साधे जा सकते हैं।

7

अश्लीलता का प्रश्न बहुविचारित और सुविचारित है। फिर भी प्रसंगवश यह स्मरण करना उचित होगा कि अश्लीलता मूलतः लहज़े में होती है और प्रत्येक अश्लील कृति अनिवार्य रूप से कलाविहीन होती है। अश्लीलता एक कामपरक उत्तेजना पैदा करती है। वह विचार की शून्यता से जन्म लेती है और उसका उद्‌देश्य कामुकता फैलाना होता है। यही कारण है कि किसी स्त्री का कलाविहीन-अर्द्धनग्न चित्र भी हमें अश्लील लगता है और कलात्मक अभिव्यक्ति के साथ प्रस्तुत हुआ कोई पूर्ण नग्न चित्र हमें रचनात्मक प्रतीति से भर देने में समर्थ हो जाता है। स्पष्ट ही है कि नग्नता अश्लीलता नहीं होती। चर्चित फ़िल्म 'बैंडिट क्वीन' के एक दृश्य में पूर्णतः वस्त्रहीन नायिका को जब दर्शक परदे पर देखता है तो स्तम्भित रह जाता है और एक भीषण यथार्थ को कला के ज़रिए अनुभव करते हुए उसके रोंगटे खड़े हो जाते हैं। यह इसलिए क्योंकि दृश्य का लहजा पाशविकता, अमानवीयता और अपमान की पराकाष्ठा को अपनी कलात्मक श्रेष्ठता के साथ उजागर करता है। सिर्फ़ निर्वस्त्र स्थिति को अश्लील माननेवालों की एक बड़ी जमात अभी तक संसार में बनी हुई है और यह विचार पक्ष की त्रासदी है। यही वह समझ है जो अपने मूल प्रयत्न में ही अश्लील होती है। इसी प्रयत्न के चलते वह हर उस चीज़ की, जो उसके जड़ रूढ़िगत संस्कारों से मेल

नहीं खाती, ऐसी व्याख्या करती है कि उसे अश्लील करार दिया जा सके। हर समय के समाज में यह ख़तरा मौजूद रहा है मगर जहाँ पुनरुत्थानवादी शक्तियाँ बलवती हैं वहाँ इस ख़तरे का रूप अधिक भयावह है और इसके स्रोत केवल धर्म, धार्मिक संस्थाएँ ही नहीं हैं बल्कि समाज और राजनीति की लघु-दीर्घ महत्त्वाकांक्षाएँ भी हैं। इस तरह की व्याख्याएँ अब लाभप्रद खेल हैं इसलिए उनका प्रस्तुतीकरण भी बहुआयामी और व्यविस्थत होता जा रहा है।

8

जब किसी समाज में 'मिथ' को पूर्ण सत्य मान लिया जाता है और उसकी रक्षा एक सत्य की तरह की जाने लगती है तो कला के क्षेत्र में बड़े नुक़सान सम्भव होते हैं। क्योंकि कला, मिथकों का इस्तेमाल अपनी अभिव्यक्ति के लिए करती है। जबकि मिथ एक 'श्रुति' भर है, एक ऐसी श्रुति जिसमें हर रोज़ ही एक नया असत्य जुड़ता रहता है। मिथक के जो आकार और रूप समुदाय विशेष ने तैयार कर लिये हैं, वे उनकी अपनी सुविधाजनक आस्थाओं के ही रूप हैं। समय-समय पर इन रूपों-आकारों में भी संशोधन होते रहते हैं। प्राचीन सिक्कों और भित्तियों पर बने चित्रों और ऐतिहासिक मूर्तिशिल्प के थोड़े ही अध्ययन से यह बात स्पष्ट हो सकती है। एक मिथ, समुदाय विशेष के लिए महत्त्वपूर्ण हो सकता है किन्तु होता तो वह पूरे संसार का है। इसलिए उसके अन्य प्रतीकार्थों, गूढ़ार्थों और तात्कालिक अर्थों को समझने के प्रयासों को हेय दृष्टि से देखा जाना संकुचित समझ का पर्याय है। और जब ऐसे प्रयास कलाभिव्यक्तियों के माध्यम से किए जा रहे हों तो उन्हें गम्भीरता से विश्लेषित किए जाने की आवश्यकता होती है। फैंटेसी वह उपादान है जो विवेच्य विषय को कला के ज़रिए, उसके समस्त काम्य रूपों और सूक्ष्मतम अदृश्य कणों को भी छू सकता है। जड़ हो गए विचारों को फैंटेसी भेद देती है, यही उसका पराक्रम है इसलिए वह कला की आकांक्षा भी होती है। इस फैंटेसी की सर्जनात्मक उड़ान को 'जड़ बुद्धि' से समझने का उपक्रम एक फ़ासिस्ट

लक्षण ही है। जबकि प्राय: ही एक कृति प्रतीकों, संकेतों और अप्रकट कथन को अपनी अभिव्यक्ति का माध्यम बनाती है। इन सबको समझे बिना जो निष्कर्ष निकाले जाएँगे, वे निश्चय ही ग़लत होंगे। कलाएँ कई बार आक्रामक लहजा भी अपनाती हैं मगर कलाएँ व्यक्ति विशेष को नहीं, समूह की प्रवृत्तियों को लक्ष्य बनाती हैं।

9

साहित्य, संगीत, चित्रकला और अन्य कलाएँ मनुष्यों द्वारा कृत्रिम रूप से बनाई गई जातियों में विभक्त नहीं हैं। इस तथ्य के आलोक में कई बातें स्पष्टत: समझी जा सकती हैं। ख़ासतौर पर यह कि कलाओं में जाति-धर्म के बिन्दुओं को खोजना कितनी बड़ी हिंसा है। एक उदाहरण—बड़े ग़ुलाम अली ख़ाँ हिन्दुओं को भी इसलिए प्रिय नहीं हैं कि वे अपनी किसी बन्दिश में हिन्दू के आराध्यों के नाम लेते हैं; वे उन्हें उनकी अप्रतिम गायन कला और नाद की श्रेष्ठता के ही कारण प्रिय हैं। वे—'राधा' को 'रादा', 'आधा' या 'सादा' भी उच्चरित करें तो भी वे राग ही गाते हुए लगेंगे क्योंकि उनका और एक श्रोता का अभीष्ट 'गायन' है, राधा नहीं। जिनका अभीष्ट राधा है, उन्हें अन्यत्र उसकी खोज करना चाहिए। कल्पना की सुघड़, सुन्दर और सोलह हाथ की साड़ी में सजी-धजी मूर्तियों और कैलेंडर के चित्रों में ही ईश्वर की खोज करनेवालों को कला के अरण्य में भटकना उचित नहीं। इससे तो वे अपने और कला, दोनों के ही साथ अन्याय करेंगे। जो जन कलाकार की जाति खोज लेते हैं, उसका एक धर्म सुनिश्चित कर लेते हैं वे प्रकारान्तर से अपनी संकीर्णता को रेखांकित कर रहे होते हैं। क्योंकि यह किसी भी सच्चे कलाकार की सक्रिय शक्तियों के अधीन नहीं है कि वह रचनाकार भी बना रहे और जाति विशेष का भी बना रहे। 'इसलिए कलाओं की जाति, धर्म तय करना एक साम्प्रदायिक निर्णय है।'

10

'किसी प्रचलित विचार, मान्यता या प्रथा के बरअक्स नया विचार रखना या उसमें कुछ जोड़ना'—यह वह न्यूनतम कार्य है जो किसी कला का अभीष्ट होता है। इसलिए 'ठेस' शब्द को यहाँ महज़ शाब्दिक पारम्परिक अर्थ-ध्वनि से नहीं समझा जा सकता। एक सकारात्मक कलादृष्टि के सहारे 'कला की ठेस' एकदम मूर्त हो सकती है। जो लोग इस ठेस को रूढ़ अर्थों में ही ग्रहण करते आ रहे हैं वे कलाओं के कुत्सित व्याख्याकार हैं। जबकि यह ठेस पहुँचाना तो कला के सहज गुणधर्मों में से ही एक है।

(1996)